Inferno Provisório

VOLUME IV

Luiz Ruffato

O livro das impossibilidades

EDITORA RECORD
RIO DE JANEIRO • SÃO PAULO
2008

Cip-Brasil. Catalogação-na-fonte
Sindicato Nacional dos Editores de Livros, RJ.

R864l   Ruffato, Luiz, 1961-
       O livro das impossibilidades / Luiz Ruffato.
     – Rio de Janeiro : Record, 2008.
      (Inferno provisório ; 4)

      ISBN 978-85-01-07471-3

      1. Romance brasileiro. I. Título. II. Série.

                           CDD 869.93
08-2978   CDU 821.134.3(81)-3

Copyright © Luiz Ruffato, 2008

Projeto gráfico: Regina Ferraz

Todos os direitos reservados.
Proibida a reprodução, armazenamento ou transmissão de partes deste livro, através de quaisquer meios, sem prévia autorização por escrito.

Direitos exclusivos desta edição reservados pela
EDITORA RECORD LTDA.
Rua Argentina 171 – Rio de Janeiro, RJ – 20921-380 – Tel.: 2585-2000

Impresso no Brasil

ISBN 978-85-01-07471-3

PEDIDOS PELO REEMBOLSO POSTAL
Caixa Postal 23.052
Rio de Janeiro, RJ – 20922-970

EDITORA AFILIADA

Para Geni e Sebastião, meus pais
Para Helena e Filipe, meus filhos
Para Simone

E Daniel disse: "Tu te lembraste de mim,
ó Deus, e não abandonaste os que te amam."

Daniel 14:38

Também há as naus que não chegam
mesmo sem ter naufragado:
não porque nunca tivessem
quem as guiasse no mar
ou não tivessem velame
ou leme ou âncora ou vento
ou porque se embebedassem
ou rotas se despregassem,
mas simplesmente porque
já estavam podres no tronco
da árvore de que as tiraram.

Jorge de Lima

O livro das impossibilidades

> Os deuses são deuses
> Porque não se pensam.
>
> Ricardo Reis (Fernando Pessoa)

Era uma vez

No crachá o sobrenome qualquer dúvida desmanchava: detrás do mexicano bigode que ornava o rosto de pouco sol, habitava o mesmo Nílson de quinze anos menos — aquele com quem embriagara-se das cinzas de um certo julho, expunha-se agora terno-gravata de segurança do Mappin, radiocomunicador na mão esquerda, radares os olhos pretos.

Repassou títulos de cedês esparramados na banca de saldos, entreolhos espiando as circunvoluções do antigo camarada. Pensou abordá-lo, **Nílson**, tapa no ombro, **lembra de mim?** Lembraria? Uma semana que descarrilhou um até então assegurado destino, que, de estação em estação, tragava os dias sonolentos e galhardo rumava para a mesmice de pais, irmãos, amigos. Não, certamente não se recordaria, o Nílson, mas nele ficara o vidro daqueles nomes, esmigalhados para nunca numa data qualquer de 1976, Nelly, a madrinha Alzira, o padrinho Olegário, Indiara, Edu, Jimmy, Zezão, Dinho, Wil... Natália...

Natália

Pareceu-lhe um viralata houvesse invadido o quarto, baba gangorrando da língua pendurada, que, encontrando aberta a porta, oferecesse o frenético rabo em troca de um afago, ainda que falso. Entretanto, uma menina, espevitados olhos azuis, noturnos cabelos lisos derramados por sobre os ombros magros. **Essa é a Natália**, um lenço-de-cabeça estampado falou num ângulo da porta, **Cumprimenta ela, menino!**, a voz da mãe trovejou, invisível.

A mão direita ofereceu, desajeitado, aborrecido por terem espantado o silêncio do cômodo que dividia com os dois irmãos mais velhos, mas a menina ignorou-a, indagando, enfarada, **O Guto é você?**, enquanto o lenço-de-cabeça, sorrindo, acenava, **Oi, Guto, está me reconhecendo não?** Claro, a paulista que o presenteara, dois anos antes, um jogo-de-botão, *É do São Paulo. Você é São Paulo?* Não, mas rasgara ansioso o embrulho, esticara às ruas do Beira-Rio para exibir à inveja dos colegas as caras: Picasso, Nenê, Roberto Dias, Jurandir, Arlindo, Carlos Alberto, Dé, Miruca, Nelsinho, Babá, Paraná. **Oi, dona Nelly**, resmungou, contrariado por ver mexerem em suas coisas, **Trouxe a Natália pra conhecer você**, falou, simpática, **Toma conta dela direitinho, heim!**, ameaçou a mãe, *Ai ai ai*, conformou-se, deixando ambas um rastro de vozes que se dissipam na manhã invernosa. Natália, chorte e camiseta, *Sente frio não?, essa estúpida!*, chinelo na mão dançava sobre a cama-de-armar tentando desprender o enfumarado estalactite, picumã escorrendo do caibro.

Decidira resistir. Sentou-se no outro colchão, agarrou a revistinha do Brasinha e aferrou-se à história, desatento. **Quantos anos você tem?**, a espoleta estalava novamente sua concentração. **Dez**, rosnou. **Eu também! Vamos brincar de marido-e-mulher?**, sugeriu, emendando, **Eu sou a mãe, você o pai.** Assustado, contestou, **Eu? Racha fora!**, mas ela, ignorando, atalhou:

— Eu vou sair. Trabalho no hospital. Vou deixar a comida pronta em cima do fogão.

— Ei! Que negócio é esse? "Eu" saio pra trabalhar! "Você" fica em casa!

— Não... Você não consegue arrumar emprego... Mas não preocupa não, eu cuido de você...
E, encostando a porta, deixou o cômodo.
Com ela foram-se o barulho, a metidez, o sotaque, a mandonice...
Pé-ante-pé, o sossego alastrou-se pelo mundo.
Pensou pegar novamente na leitura, mas então já não havia a menor graça.

Nelly

Lisos cabelos pretos breves, Nelly desabalara, compromissada com um dos milhares que se socorreram da pobreza nas fímbrias industriosas de São Paulo. O marido, espigado rapagão tímido e sério, esbarrara numa volta pela Praça Santa Rita, após a missa vespertina, sábado cor de fonte luminosa e cheiro de pipoca. Viera apadrinhar um sobrinho pagãozinho, explicara, iniciando firme namoro espasmódico e calado sob o olhar sépia dos pais emoldurados na parede da casa da Nelly, na Vila Teresa. Prática, desejou abreviar ausências e despedidas e instou-o a pedir logo sua mão. Menos de um ano desciam do altar da Igreja de Santa Rita de Cássia, armada uma chuva-de-arroz à saída. Tão ligeiro tudo, que mesmo o veneno dos mexericos — **Nossa, Nelly, você está mais gordinha, não está não?** — encruou na nascença. Lua-de-mel saboreou-a num hotelzinho em Volta Redonda, metade do caminho, a língua de fogo da chaminé imensa lambe o retângulo azulado da janela escancarada, terceiro andar, enxame de metalúrgicos troca de turno ao longe.
Para trás, a sulfa da inveja corrói as tardes sufocantes das amigas encurraladas na fiação ou na tecelagem das fábricas de Cataguases. Dimas da Nelly, desgraçada!, ficou em feito!, pedaço-de-mau-caminho com aquele olhão-azul

farolando a pele morena-clara, bastos bigodes arreganhando dentes perfeitos, negrume de cabelos escandidos à brilhantina, diabo!, uma loteria inteira de sorte, pois corria que o danado escriturava numa química ou mandava numa química ou sabe-se-lá-o-quê numa química (era uma química?)... enfim, um tipo bem situado, ao-contrariamente dos pés-rapados que sussurravam indecências nas suas orelhas, dos desinfelizes que pegavam às seis e mastigavam a marmita mirrada de cachorro escorraçado, tristeza, meu deus, saber que nunca desencantariam daquela sengraceza. Suspiravam pela Nelly que, engarupada no Dimas, sem virar para trás, embrenhou-se entre carros e edifícios e gentes, benzida pela garoa de São Paulo, ê São Paulo!

Isso, o que fantasiavam. Desconheceram, porém, a decepção da Nelly ao desvelar no marido um pobre-coitado habitante de um pardieiro na Saúde, três cômodos sem acabamento, desmobiliados, plantados num lotezinho com prestações atrasadas. Um melancólico que em emprego algum ancorava, abatido, desanimado, desacorçoado, varando as horas enroscado num sofá velho, malcheiroso, inútil como a folhinha dois anos passada. A casa. O marido. Se madrugadas havia em que coçava o pé para tornar a Cataguases, desencantada, cansada, o vermelho dos olhos transformava em manhãs de bateção de pernas. Revolveu a cidade, estranha e confusa, em busca de colocação. Espocaram calos nos pés, gasta a sandália de muitas jornadas, até empregar-se faxineira no Hospital Santa Cruz. Prometeu arrancar do lodo a família e uma a uma carreou as irmãs. Esqueceu mesmo o Dimas, atarefada em erguer um puxadinho, adquirir uma geladeira, pôr tacos no chão, pintar as paredes, levantar um dois-cômodos para alugar, concretar uma laje, crescer, demarcar o mundo, preenchê-lo. Quis filhos, engravidou. Quis os pais perto, trouxe-os. Sentou a bunda na carteira de uma escola noturna, fez-se auxiliar de enfermagem. Afundou nos livros, acabou enfermeira. Olhos cerrados, capaz de enumerar os feitos. Janderly e Marly bem casadas moram no Jabaquara, em Taboão da Serra. Solteira, a caçula Ivany trabalha em Americana, Banco do Brasil. Os pais, bem sob sua laje. Carro, desejasse, estalaria os dedos e um à porta brotaria — dinheiro não falta, mas juízo aos filhos.

Feliz talvez fosse. Pensasse nisso, talvez não. Mas não pensa.

Dimas

Lembra um galã a foto preto&branco sobre o criado-mudo, cabeceira da cama da Nelly. De lado o rosto, impecável terno escuro, cabelos escorridos Glostora para trás, olhos envidraçados. Na Rua Direita, o retratista. Perfumara-se. Abril enviou o envelope pardo, no verso, *Para minha amada Nelly, offerece, como prova de carinho, Dimas – São Paulo, 14 de março de 1958*, letra caprichada, impressionista. O centro da cidade pareceu-lhe, aquela sexta-feira, pouco extenso para seus pés irrequietos: poderia, necessitasse, andar até o fim dos tempos, porta-em-porta demonstrando as maravilhas do aspirador-de-pó Electrolux. Ninguém, no entanto, soube aquela tarde, compartilhou da besta euforia que o irmanou ao mais minúsculo grão da areia cósmica.

Banzeiro, na solidão de Cataguases debaixo da cama refugiava-se, pequenas aranhas suspendem redes entre as ripas do estrado, desmancha-se o capim do colchão, alfaaace couve almeirão fresquiiiii-nhô, um cavalo escarva a parede sem reboco, alfaaace couve almeirão fresquiiiii-nhô, esconderija o verão que tagarela nas costas da vizinha, (..)í ela pegou e(...) parece que o filho tem pro(...) deus que me perdoe mas todo mundo na(...), sonha cuícas gordas o gato espojado em seu próprio desenho, (...)imas taí? Ué, ele não

saiu com vocês não?, assentados no pedal da máquina-de-costura ordem-unida dois desbeiçados pés-de-sapato.

Esgueirava:

chafurda os pés, barro fedorento que ladeia o Rio Pomba, calombos de picadas, escorrem mijo e bosta, a margem oposta infesta uma capoeira de capim-d'angola, os redemunhos;

urubus deslizam azuis, observa deitado na rala grama do barranco, nuvens se ocultam atrás da mata, ramo de capim entre-dentes, silêncio;

gosto de hóstia emaranhada na boca;

o lusco-fusco de dentro da arca, **Onde se meteu esse peste?**

o giz na mão da professora risca o quadro-negro, **bê-á bá, bê-é bé, bê-i bi**

engancha-se nas grimpas de mangueiras, folhas e pedras embaixo,

o caldeirão balança rumo à Usina, **Segura direito, menino!, senão mistura tudo, coitado do seu**

Morto.

Invisível, desejava-se, embora os olhos azuis.

Morto.

: lembra um galã a foto preto&branco sobre o criado-mudo, cabeceira da cama da Nelly.

Viagem

Trágica, vira o rosto desvira, não acredita, minha nossa!, o marido, o filho, Deus os proteja, atrás do vidro, à poltrona, a débil luz da plataforma rasura, São Paulo, lááááá **Perde ele de vista não, heim!**, esbarram pisam abraçam escarram gritam cumprimentam bisbilhotam, **Arreganha a janela!**, sobrancelhas interrogam, a mão direita puxa uma imaginária tranca, calos empurram uma duas três quatro *Em-per-ra-dá* desistem constrangidos, a mulher dá de ombros, *Ô coiso, sô!* O motorista umedece as pontas do indicador e do polegar, reconta passagens, **Dá lembrança a todos lá!**, entra, senta, liga o motor, **Se sentir mal, manda ele cheirar o limão!**, corrige o retrovisor, **Cuidado! Perde ele de vista não!**, dá marcha-ré, **Adeus! Tchau! Boa viagem! Boa viagem!**, acenam mãos, correm crianças, um cachorro, sitia a calçada um bêbado, mesmeriza o botequim a televisão. Meia-hora e descem, Leopoldina, conferem, **Está atrasado**, resmunga o bilheteiro enfastiado, o pai acende um Continental sem filtro, **Espera aqui, vou dar uma volta!**, atravessa a rua, a brasa do cigarro cruza a escura praça vazia. **Nada?**, irrompe, esfregando as mãos, **Frio, heim!**, e desassossegado se ausenta novamente. Pouco após, encosta o ônibus Alegre–São Paulo, **Ai meu deus!**, pescoço em riste busca, à porta tumultuam passageiros, **É o de São Paulo?**, esbarram pisam abraçam escarram gritam bisbilhotam, **Cadê o pai?**, coração esbaforido, pernas entontecidas, malas alforjes embrulhos caixas sacos trouxas sacolas entopem o bagageiro, **Cadê?**, afobado o pai, **Ó!, pra você**, entrega-lhe um pacote de biscoito-de-polvilho, cata as bolsas-de-napa.

Começa a viagem:

(Há anos ensaiava, **Jânua, está passando da hora de ir ver o Juca!**, mas as tribulações
as enchentes, ano a ano
o mais-velho precisou tirar o apêndice
o material escolar anda pela hora da morte
o caçula, os dentes cariados
quebrou o garfo da bicicleta, barganhou uma de segunda-mão
a cunhada de Ubá está passando dificuldade

a menina, tem que fazer uma festinha-de-quinze-anos pra menina
uma tromba-d'água destelhou a casa, mofou os móveis tudo
a prima de Astolfo Dutra ganhou neném e não tem nem onde se encostar
Jânua, está passando da hora de ir ver o Juca!
Unha-e-carne quando reviravam leiras encharcadas de arroz, o irmão candeando o boi, ele, mais fortinho, empurrando o arado, numa barroca à-meia esquecida para os lados d'Os Gomes, em Rodeiro, atolados até os joelhos, até os cabelos embarreados. *O almoço!*, a Luzia apontava no morro, caldeirões um em cada mão, no embornal vidrinhos de café, *O almoço!*, sossegavam mastigando o arroz-feijão-angu-verdura-pedaciquinho-de-carne, e a manhã engalanava-se mato verde nuvem branca céu azul, o corguinho chuááááá, o zuuumm-zuuumm dos mosquitos, o quilo à fresca de alguma arvrinha, o mundo desexistia.

— Lembra, Juca, aquela vez? A gente evinha de um baile a desoras, um grupo grande, nós, o povo do seu Beppo Finetto, do seu Giacinto Bicio, os Spinelli!, quando atravessou a estrada assim um porcão, deu pra ver bem porque remedava dia a noite, tão clara, arrastando umas correntes, aquele susto, o mulherio apavorado, gritalhada dos diabos, você e eu disparamos no rastro do bicho, descemos uma ribanceira, cortamos um brejinho e cercamos o troço na tronqueira dos Spinelli. O negócio, esmerdeado, montou nas patas traseiras e levantou pra mais de dois metros, olho de sangue e dente de cachorro-doido, e aí azeitamos as canelas, lembra?, chegamos em-antes dos outros, pulando cerca e machucando pedra, esbarrando em acha e rebentando galho, escalavrando camisa e calça, esfolando perna e braço. E a catinga? Tivemos que queimar a roupa!

Jânua, está passando da hora de ir ver o Juca!
No enterro do pai, compareceu, sozinho, licença de uma semana na firma, mas isso já vai para dez anos...

— O Nenego continua naquele sitiozinho voçorocado na Bagagem, vizinho dos Pretti. Mas, uma tristura... Ele, a Almerinda, e uma raspinha-de-tacho que você não conheceu não, nasceu depois... Os outros, em Ubá, na labuta nas fábricas de móveis... Tem mais plantação nenhuma... só umas vaquinhas desmilingüidas... Dá pena... o capim-gordura come solto...

— A Luzia, o marido, o descabeçado do Jeremias Furlaneto, toca uma sorveteria em Rodeiro... Movimentinho minguado... Vida apertada... Também... com aquela fieira-de-criança...

— A Silvinha é que está bem, lá no Rio de Janeiro... Todo fim-de-ano visita a gente, um mimozinho pra mulher, um balangandã pra menina, uns trens quaisquer pros meninos... até pra mim ela faz um agradozinho... Quem diria... a Silvinha... Engraçado é que ela não quis mesmo casar, ter filho... nunca entendi o porquê...

Jânua, está passando da hora de ir ver o Juca!
— Eu? Eu, Juca, você me conhece... sou de poucos haveres. Nunca me deu na telha enricar. Sou como a Deus é servido. A Jânua mantém a fazeção de salgadinho pra-fora... Economista, pacienciosa, lutadora... Uma santa! Os meninos... O mais-velho formou ajustador-mecânico no Senai, trabalha na Industrial, diz-que futuroso, namora firme moça-de-família... Precisa mais alegria pra um pai? O Aguinaldo tirou carteira-de-motorista, é aguado com carro, parece ser a sina dele. A Júlia é aquilo, cabeça-dura, enjoosa, nariz empinado, espora de juventude enquizilante, quer-porque-quer mandar no próprio nariz... A vida se encarrega... O mais-novo, o Luís Augusto, esse, é meio avoado... Estudioso,

não dá trabalho, mas a preguiça ronda, a má vontade campeia... Tem que botar cabresto... Eu? Eu, Juca, você me conhece... Continuo autonomista... batendo cabeça...)

São Paulo

Julho, 3, sábado

Uma cara redonda relanceou à janela, olhinhos espremidos, **Jesus seja louvado!**, e apareceu em seguida no beco, governando um corpo baixo e gordo, encimada por esticados cabelos grisalhos ajuntados em-coque, longo vestido escuro de bolinhas brancas escondendo braços e pernas, **Jesus seja louvado!**, deschaveou o cadeado desenrolando as três voltas da corrente que mantinha o portão-de-ferro cerrado, **E não é que o compadre veio mesmo?! Difícil chegar aqui?**, abraçou-o, lágrimas nos olhos, **Meu deus, não acredito!**, e os pés doentes conduziram-na, **Recebemos a carta, não acreditamos... Esse, o Luís Augusto? Meu deus, como está grande! Deus te abençoe, meu filho! Bem que a Nelly falou... A última vez que vi ele... um tiquinho de nada... Meu deus, vamos entrando, vamos... E a comadre, bem? O menino está com frio? Compadre, nem acredito!**, corredor afora, um enorme muro chapiscado à direita, à esquerda três portas três janelas, parelhas de três em três metros, ao fundo o muro. Em cima, uma casa, entrada independente.

Na sala, baixa, úmida, minúscula, gaiola sabiá-laranjeira na parede, o velho, estendido no sofá, arrasta a magra mão enrugada salpicada de pintas de sob o cobertor e pende-a, trêmula, **Compadre Raul!**, a voz custosa, roufenha, **Compadre Raul**, ecoa na caverna desdentada, **Quanto tempo, compadre Olegário!**, **O Luís Augusto... Toma** bença do padrinho, menino!, Compadre Raul, olha o estado que fiquei, lamenta, Ele está bem agora, graças a Deus, se soubesse o que passamos..., a mulher fala, Bem nada, compadre, bem nada... não consigo nem mijar sozinho... nem cagar... Santo deus, homem!, que linguajar! O vento gelado belisca as orelhas, **Têm fome?**, pergunta, arrastando-os à cozinha. Arranha a porta o puldo, choraminga, enclausurado com sua morrinha e seus mosquitos no exíguo quintal. **Quieto, Pitoco!** As luzes acesas emboloram a alegria da manhã.

Arrasta a mesa-de-fórmica vermelha, põe o rapaz num tamborete sitiado contra a parede, uma caneca esmaltada de café-com-leite morno e um pão-de-sal com margarina, **Come, meu bem, come.** O pai, arrimado ao batente da porta, xicrinha de café na mão direita, a esquerda aconchegada no bolso da calça, assopra, beberica. **Uma tragédia, compadre,** segreda, **até pras necessidades depende de mim... Uma tragédia!**, remurmura, engolindo o café, **Quer mais, compadre?**, todo o cômodo preenchendo, amparada à pia. Fede, a casa: remédio, fezes, urina. **Quantos anos, compadre, quantos anos! Dois derrames, compadre! Dois! Homem sadio, trabalhador... A menina até hoje dorme numa cama que ele talhou a canivete, lembra, comadre? Lembro, se lembro! Eu esqueço essas coisas? O que me sustenta hoje é ir na igreja, que virei adventista, o senhor sabe. Ele, não: afastou da religião, uma revolta só. Chora, blasfema, o quê que adianta, eu pergunto, o quê que adianta? A vida é provação... Acabou, menino? Quer mais? Heim? Não? Fumar?! Perdeu esse vício não, compadre? Isso não é coisa de Deus, o senhor sabe, a gente tem que lutar contra. Pode ir ali fora, no bequinho... Fica quieto, Pitoco! Vamos. Pena a casa ser tão modesta, senão podia pousar aqui... Não ofereço porque o senhor viu...**

não tem como... uma caixinha-de-fósforo... Não, comadre, tenho mesmo que ir pro Juca, meu irmão, sabe quantos anos não vejo ele? Vai pra dez, comadre, sem tirar nem pôr! Mas o menino fica, não é mesmo? O menino fica, comadre... Bom pra ele conhecer São Paulo... importante... Vai que um dia precisa... nunca se sabe... E de qualquer modo o que não pode é encafuar em Cataguases... Tem que andar, correr mundo... Ah!, tivesse uma oportunidade dessas! Mas, coitado desse capiau... A gente não tinha nem idéia do tamanho do

*****

Nelly, caneca e óculos à mesa, fechou as folhas do jornal.

— O menino, Nelly!

A madrinha, resfolegante, suarenta, empurrava o rapaz à fumaça que escapava pela porta entreaberta da área-de-serviço.

— Guto?!

Olhos baixos, à mulher:

— Dona Nelly, a mãe mandou lembranças...

— Nossa, um homem, já!

E tragando o cigarro: "E a viagem? Passou mal? A Jânua me disse uma vez que você ficava com o estômago embrulhado... Heim? Não? Pegaram direitinho o metrô? Seu pai ficou com medo? E ele? Já foi? Onde mora seu tio?"

Pincelando a ponta do dedo nos ladrilhos, a velha, "Nelly, você precisa mandar a Indiara limpar a cozinha direito... A parede está que é uma gordurama só! Olha pra você ver!"

— Acho que São Bernardo...

— Passaram aqui, carregaram ele. Volta na quinta.

Nelly, negligê de cetim creme, golas e punhos de pelúcia:

— Senta ali, Guto, na sala, liga a televisão, se quiser. Vou tomar um banho, daqui a pouco tenho que sair... trabalhar... Fique à vontade. A Natália está dormindo ainda,
— Hoje, só lá pelas três...
— mas o Nílson daqui a pouco levanta. Vocês vão se dar bem... Ele é um menino muito
— Está perdido!
— legal... Mãe!
— Já estou indo cuidar do almoço! O menino come onde?
— Onde ele quiser, mãe, onde ele quiser!
Guto escapuliu para a sacada. A manhã cinza desce encapotada a Rua das Monções. Telhados vermelho-ensebados encapelam-se além. Ao longe, almofada fincada de prédios. Casas e edifícios e carros e ônibus. Pesada, uma nuvem escura sufoca o horizonte. No parapeito da mureta, uma crosta de fuligem. As violetas, sem flores, em vasos de potes de margarina, ressecam, descuidadas. As mãos geladas, a blusa puída não impedia que o frio eriçasse a pele. Passava das dez horas e tinha medo.

*****

Mostrou-se curioso — mais admirado que curioso talvez. À sua frente, o rapaz, declarados quinze anos, rosto carunchado pela erupção de espinhas e cravos, feio, desengonçado, tímido, frágil, roupas não miseráveis, posto que limpas, asseadas, mas desconformes ao tempo, ao ambiente. Magríssimo, desbotada a pele rivalizava com a preta camisa de jérsei, blusa verde descaindo dos ombros, espraiando-se pela calça de tergal (*Tergal!*) cor indefinida, quichute esmolambento. **Esse que é o Luís Augusto, meu afilhado,** falou a avó, apontando-o com a escumadeira, de volta mergulhada no óleo fervente. Cara de "não-acredito!", Nílson, longos cabelos anelados, penugem sobre os lábios,

calção azul, camisa-regata branca, descalço, adivinhou algum proveito e falou, desembaraçado, **E aí, primo, curtindo São Paulo?**, enfiando duas batatas fritas na boca. **Pára, menino!**, ralhou a velha, **Olha os modos!**
— O primo não fala, vó?
— Por que você não senta e almoça com ele?
— Acabei de acordar, vó... Vou subir lá pra cima... ouvir um som... quando você estiver a fim... Não adianta... ele é mudo...
Guto desejou um raio fendesse seu ombro, uma cratera irrompesse sob seus pés, como ameaçava à noite, na penumbra do quarto, a voz áspera do pastor que irradiava do alto-falante do vizinho salão da Assembléia de Deus. Que fazia entre estranhos que o rebaixavam, o desdenhavam? A madrinha, olhinhos miúdos, ainda buscava alguma cortesia, quem sabe por também estrangeira se identificar ou por o menino lhe desdobrar passados abandonados em gavetas naftalinadas... Mas o padrinho, esse brandia seu desespero, sua antipatia, contra todos os semoventes: tossia com espalhafato e escarrava no chão, embora o penico; gritava e xingava e exigia; mijava no pijama e no colchão para protestar o odor nauseabundo; atirava à parede caneca e prato de estanho; chorava, esperneava, excomungava; recusava os remédios em todas as suas formas — pastilhas, cápsulas, drágeas, xaropes, elixires, emulsões, suspensões, pomadas, cremes, cataplasmas, loções, supositórios, injeções, inalações. E a dona Nelly, pose... E o tal de Nílson, deboche, cinismo, chamando-o "primo"... E a Natália...
A casa seteanã, mais apertada que a que habitavam no Beira-Rio, escura, apnéica, provocava engulhos. Envolta no grudento vapor emanado das panelas que cozinhavam o arroz e o feijão, a madrinha invocava nomes que nenhuma fagulha atiçavam, como se, remexendo os fundos de uma gamela, de lá arrancasse recordações que lhe escorriam por

entre os dedos reumáticos, **A... como era mesmo o nome dela... tinha um filho... o... essa minha cabeça!, um filho que casou com uma moça muito bonita... que morava naquele bairro... na saída... Matadouro...** E batendo os bifes açulava o puldo, mimado e obeso. **No meu tempo de mocinha...** Depois, arrumou tudo num prato-colorex âmbar sobre a toalha xadrez que escondia o vermelho da mesa-defórmica, mandou-o sentar-se e comer, enquanto, arrastando as pernas inchadas, envoltas em grossas meias de lã, levava um caldo cor e cheiro estranhos ao quarto do marido, que desde muito, aos brados, requisitava atenções. Driblou a insistência da velha — **Come mais um pouco, um pouquinho só, Não gostou da comida?** —, que o estimulou a subir e conversar com o Nílson.

Venceu devagar as escadas, conduziu-o pelo corredor, bateu à porta e introduziu-o no barulho *All together / Fly to the sky / Fly to the rainbow / Fly, people, fly* e na bagunça do quarto do neto, **O Luís Augusto!**, berrou. Nílson, deitado no chão, sobre um tapete desbotado, elevou a cabeça, **Chega aí, primo!** *Fly, people, fly / Fly, people, fly*. À parede, pôsteres
do cockpit da Brabham emerge o punho de José Carlos Pace na vitória do Grande Prêmio do Brasil de Fórmula 1; São Paulo Futebol Clube, campeão paulista de 1975: Valdir Peres, Nélson, Samuel, Paranhos, Gilberto, Chicão, Murici, Zé Carlos, Pedro Rocha, Terto e Serginho;
a Miss Brasil, Marisa Sommers, pelada;
a seleção brasileira de 1974 – de pé: Zé Maria, Leão, Marinho Peres, Luís Pereira, Marinho Chagas, Carpegiani; agachados: Valdomiro, Paulo César, Jairzinho, Rivelino e Dirceu;
Deep Purple – MACHINE HEAD;
um Fiat 124, 1971, duas capotas, motor 6 cc, cinco marchas; Betty Saddy, pelada;

um Ford Maverick sedan 1974 verde, teto branco;
um espelho, moldura rococó, escrito com batom vermelho **Sabotage**: Black Sabbath.
    Sobre o criado-mudo, um abajur sem a cúpula, uma revista **veja** aberta (entrevista com Carlos Castañeda), alguns números da **PLACAR**.
    — Você curte The Who, primo?

*****

    Sem que notassem, a tarde recolhera as poucas sobras de luz, relegando o quarto à penumbra. **Vamos bater um rango, primo?**, Nílson indagou, acertando a agulha do braço mecânico da eletrola na faixa Dream on, do Aerosmith, a voz de Steven Tyler ricocheteando por entre a cama e o guarda-roupa. Da sala, **Até que enfim, heim! Achei que não ia mais largar o Guto!**, Natália, sarcástica, sentada no sofá espremendo espinhas do *namorado?* cabeça aconchegada nas coxas de sua calça-lee. **Oi, Guto, vem cá conhecer o Wil.** O rapaz, dezenove, vinte anos talvez, amarrotados cabelos negros encachoeirados, **Falou!**, mostrou entediado os dedos indicador e médio da mão direita em vê.
    — Ô, Wil, esse cara é do cacete! Ele é meu primo... Pode chamar ele de primo também, não é, primo? Aí, viu?
    Os zombeteiros olhos azuis da Natália intentaram subjugar os encabulados olhos do Guto, mas este os vergastara tão humílimos que espojavam na poeira do sinteco. Ela agora ostentava dois pequenos e insidiosos peitos, mas os dentes, alvíssimos, mordiam com a mesma insaciedade.
    — Fica até quando, primo?
    — Ô, Wil, ele mal chegou...
    — Vou na quinta... de noite...
    — Já?, surpreendeu-se a Natália.
    Nílson aproximou-se, prato de comida requentada, garrafa de Coca-Cola família, **Aí, está a fim?**

— Quê que é isso?, Wil perguntou.
— Mexido.
— Argh!, repugnou-se Natália.
— Mexido de quê?
— De tudo, Wil... O Nílson é um porco... Ele pega o que tiver na geladeira, joga na panela, quebra um ovo, mistura... e come...

Nílson ligou a televisão, e uma intermitente luminosidade bombardeava os objetos expostos na estante vazada.
Vai sair, Natália?
— Vou num baile no Palmeiras... O Wil está de carro... Quer ir, Guto?
— Não... gosto de baile não...
— Nem de rock pauleira, completou Nílson.
— Ele deve curtir é "Toda vez que eu viajava / pela estrada de Ouro Fino...", macaqueou Wil.

E gargalharam.

Guto sofreou o desejo de afastar-se e seu silêncio bovino constrangeu-os.
— Bom, vou me aprontar, disse Natália.
— Eu já estou transado, ironizou Wil, desarrumando os cabelos e desalinhando a roupa.
— Eu vou num lance aí...
— Melhor não assustar o primo não, ô Nílson!

E novamente esboçaram risos e engoliram-nos.

Wil deitou-se no sofá, entretido com a televisão.

Nílson raspou o prato, bebeu mais um copo de Coca-Cola, arrotou.

De pé, Guto experimentou fechar os olhos e se teletransportar para debaixo das cobertas em seu quarto, em Cataguases, fora da órbita estelar...

*****

Natália e Wil saíram, *nove horas?*, Nílson, pouco depois.

Arrastando uma felpuda manta azul, cheiro de muito guardar, entornou-a sobre o sofá, **Pode acampar aí, primo... Se estiver a fim, liga a televisão...** e desceu as escadas, apressado.

O sono custou.

Tomara um banho escaldante, assustado com o cheiro de fio queimado que nascia do chuveiro e incomodado pelo vento gelado que fustigava a cortina-de-plástico através da brecha do basculante emperrado.

A espessa cerração que turva São Paulo esmorecia suas cismas.

– gemia lastimoso o puldo da madrinha entre ralhos de terna impaciência

como está grande, esse menino!

– esgoelava um rádio crentes imprecações

nem cagar sozinho... nem

– conversas na televisão distante

virei adventista

– pingapingar da torneira da pia-do-banheiro

gostando de São

– um carro, outro carro

e aí, primo?

– resmungos cicios murmúrios sussurros

e a viagem? no meu tempo de mocinha se sentir mal manda ele cheirar vai sair natália? e aí primo? falou! você gosta do o menino está com

Julho, 4, domingo

Farta, a manhã digere lenta as horas. Sob a manta azul, estirado no sofá, Guto ausculta a casa: no banheiro, intermitente gota pinga na pia encardida, fios de cabelos, restos de pasta-de-dente endurecida; na cozinha, espasmos histéricos da geladeira; do piso brotam longínquos fiapos de música caipira, lamentos abafados, um cachorro, uma criança, tosse tosse tosse, resmungos cicios murmúrios sussurros. Há pouco a madrinha saiu — a corrente serpenteou por entre as hastes do portão-de-ferro seis vezes —, passos reumáticos na calçada vazia. Antes, à hora morta da madrugada, em que a claridade mais esconde que revela, aportara o Nílson: galgou a escada que dava para a rua rumando reto ao quarto, a porta cerrada com estrondo. Antes ainda, a Natália, esquecidiça, despertara-o: acendeu a luz da sala e, notando-o, embaraçada apagou-a. Tateando a parede do corredor, penetrara no quarto, ligara o abajur, jogara a bolsa sobre a cama. No banheiro, demorou-se a escovar os dentes, os cabelos. Estrangeiro, o sono boiara na gelada noite incômoda — arrependido, naufragava no silêncio movediço. Pensou ver televisão, mas temeu-se inoportuno. Deliberou então cuidoso explorar o cômodo: e tanto bisbilhotou que, poeirento, descaído por sob o catálogo-de-telefone, revelou-se um livro, capa dura, figuras entremeando as páginas, *Os últimos dias de Pompéia*, Lord Bulwer Lytton. Carregou-o para um canto e, abrindo-o, irrompeu na sala o calor da manhã de 24 de agosto de 79, aquentando outra, esta agora, mil e novecentos anos além. Consumiu-se, o dia e o livro avançando metade afora.

*****

Absorto na penumbra, assustou-o a Nelly, **Dormindo?**
— Nãããão...
— Assustei você?
O branco uniforme escancarou a cortina da janela, devassando à tarde cinza os recônditos empoeirados da sala.
— É que não vi a senhora chegando...

— Eu entrei por trás, pela cozinha... Quando chego do hospital passo pra ver como o papai está... Gosta de ler, então? Vem ver uma coisa...

E encaminhou-se, besuntando o corredor seu perfume adocicado.

Girou a maçaneta, cedeu a passagem, **Entra, pode entrar,** e na meia-luz, ranço de cigarro, configurou-se o quarto: cingindo a cama-de-casal uma colcha-de-chenil laranja; dobrada em cima da banqueta da penteadeira, uma grossa coberta de lã marrom; sobre o tampo, refletidos no espelho, frascos de perfume e água-de-colônia, três porta-retratos, um em cada extremidade — Natália debutando, Nílson de óculos escuros na praia, em Santos —, um no meio, Nelly ladeada pelos filhos quando pequenos; um porta-jóias; uma lixa-de-unha; um cinzeiro; no criado-mudo, a foto preto&branco, impecável terno escuro, cabelos escorridos Glostora para trás: Dimas. **Olha,** e, com as mãos espalmadas, exibiu-lhe a pequena estante, **A Barsa, nunca abriram, trouxe pra cá, de vez em quando espio, faz bem, ajuda a pescar o sono. E a Seleções, eu assinava, quer dizer, o falecido, mas os meninos não se interessavam, suspendi, às vezes penso pôr no lixo, tenho pena, vai ficando aí, um dia, quem sabe, jogo tudo fora.** Franqueou o guarda-roupa, bafor de naftalina e, em meio aos cabides asfixiados, puxou uma caixa marchetada, **Aonde escondo as bebidas,** riu, desatando o cadeado.

— Quer alguma coisa?

Líquidos de cores variadas — **Tem martíni, uísque, são-rafael, campari, conhaque...** — perfilavam-se.

— Não bebe?

E tomando de um pequeno balde, ordenou: "Enche de gelo pra mim, meu querido", dentes grandes, perfeitos.

Meu querido... Desregulado, o coração, quantas vezes fantasiara... Avançada, moderna, em Cataguases sussurravam entreparedes coisas... especulavam... enfermeira, viúva, independente... Nas poucas vezes que surgiu na cidade, escandalizara, calças-compridas, cigarro — mulher fumar em público!, onde já se viu? —, marca da vacina à mostra — já não era nenhuma menina, mãe de dois filhos! —, desbocada, não se dá ao respeito! E sobre tudo opinava, até com os homens de igual para igual debatia, fosse política — debochava dos Prata! —, fosse futebol — torcia com ardor pelo São Paulo e com menos paixão pelo Fluminense, eco das preferências do Dimas, que, deus que me perdoe!, parece, de desgosto... suici... cala-te, boca! E acanho nenhum de se instalar numa mesa de bar para tomar uma cerveja, desafiante. E problema algum de morder o anzol de uma palavra com estranhos e menos ainda de descompor, alto e chulamente, um que passasse dos limites. Péssimo exemplo, ranzinzavam homens e mulheres — hipócritas aqueles, invejosas estas. E mesmo as amizades de outrora escasseavam-se, hostis, acovardadas. Para apartar-se das maledicências, dos disse-me-disses, das invencionices que pudessem machucar os ouvidos da Natália, do Nílson, mais as visitas minguavam.

Copo pendente da mão esquerda, a direita vasculhou seus cabelos, **Tem os olhos da Jânua, você...**

— E ela?, continua com os salgadinhos pra fora? Ai, aquelas empadinhas!... E o rissole?! Nossa senhora! O Vantuir? Na Industrial? E o Lalado? Motorista!? Que beleza! A Júlia, namorando? E você? Não? A Natália está linda, não é mesmo? Queria tanto que ela arrumasse um rapaz com a cabeça no lugar!... Alguém que desse a ela um prumo, uma segurança... Afinal, uma mulher... no nosso mundo... Só eu sei o quanto sofro por ter idéias... por querer pensar com a minha cabeça...

E recostando-se à cabeceira, pernas serenadas no colchão, **De mim, o que falam?**, o Guto constrangido, **Conta,** pode contar, Pra eles eu não presto, não é mesmo? Tanta calúnia... Até... Já nem ligo... Então, me diga, e você? O que tem feito?

De pé, contrariado, olhos farejando o tapete-de-barbante, Guto cobiçava outras tardes
(a seda verde do papagaio singra imponente a seda azul do céu
o quichute seminovo desbasta a rala grama do campinho do Beira-Rio
ansiosas mãos armam invencíveis times de botão
camisetas suadas driblam-se em intermináveis piques-salve)

— Eu?

manhã domingueira espreguiçando-se ensolarada, pegava a Monark do Vantuir e conduzia à banca do seu Pantaleone para comprar o **Jornal do Brasil** e o *Correio da Cidade*, que trazia atenazados na garupeira. O pai agravava, um desperdício, aquilo!, emaranhado nas letras, perca de tempo!, muxoxava. O Vantuir, barbeado, bermuda, camiseta e sandália-franciscana, espojava-se na escada da cozinha, estendida por sobre um quintalzinho acimentado, garrafa-térmica, maço de Minister, caixa-de-fósforos, e comentava as notícias para a mãe, que, azafamada, preparava o almoço. Guto postava-se quatro degraus abaixo, vizinho o suscetível Rio Pomba, e, assim que o irmão dispensava os cadernos, folheava-os, ávido, ignorante.

— Contabilidade, à noite... De dia entrego as encomendas pra mãe...

— Bom!

— O pai não quer que eu trabalhe pros Prata não...

— Está certo o Raul! Sabe por quê que eu saí de lá? Pra fugir daquele povo... daquela mesquinharia... Cataguases não oferece horizonte não... Você também, se quiser ser alguém na vida, vai ter que ir embora um dia... Se eu tivesse ficado...

Então, com estardalhaço, adentrou a Natália.
— Oi, minha filha! Acordou?
— O que vocês estão fazendo aqui?
— Conversando.
— De porta fechada?
— Não queria incomodar vocês...
— Já bebendo, mãe?
— Um uisquezinho... pra abrir o apetite... Foi ao baile?
— Guto, vamos lá pra sala!
— Cuidado com essa menina, Guto... Ela é muito mandona...
— Não tem graça, mãe! O quê que vai ser de almoço?
— Macarronada?...

*****

E o domingo — mesa-de-centro pratos-colorex âmbar amontoados, garfos, guardanapos, duas garrafas de Coca-Cola família, copos — escorreu frente à televisão, Programa Silvio Santos.

Julho, 5, segunda-feira

Na sacada, entre violetas ressequidas, a blusa puída debruçada na manhã gelada espreita absorta a agitação, buzinas descem a Rua das Monções, da avenida do Cursino em direção à Professor Abraão de Morais, transeuntes encapotados ziguezagueiam. Uma nuvem de fuligem sufoca os prédios além. **Acordado, já?**, espanta-o o negligê de cetim creme, golas e punhos de pelúcia:
— Grande essa cidade, não é? No começo dá medo, mas depois... Vem tomar café comigo, vem!
A moça lava as vasilhas, o fim-de-semana amontoado na pia.
— Indiara, esse é o Luís Augusto, afilhado da mamãe.

Enxugou as mãos no pano-de-prato e estendeu, simpática, a direita ainda úmida, **Gente, que rapazão bonito!**, encabulando-o.

— Mora aqui?

— Não, Indiara, está de passagem... Veio com o pai dele...

— Mas fica até o fim do mês?

— Não, até quinta...

— Gente, que dó... Já estava até pensando em roubar ele pra passear comigo... Conhece o zoológico? Não? Você ia adorar!

— Não liga pra Indiara não, Guto, ela é muito saída...

— Eu? Coitadinha de mim... Por que você não pede pra Natália te levar? Ela está de férias mesmo...

E sentaram-se à pequena mesa-de-fórmica amarela, recoberta por um plástico transparente. Nelly botou os óculos, lambuzou, impaciente, margarina num pão-francês, mastigou um pedaço, despejou café do bule num copo-americano, tomou um gole, acendeu um Shelton, depositou o cigarro no cinzeiro, espalmou o **O Estado de S. Paulo**. Constrangido, Guto redemunhava a colher misturando Toddy na caneca de leite frio.

— Viu, Indiara, que mudou tudo pra eleição deste ano?

— É?

— Agora só vai poder falar o nome, o número do candidato e o partido. Acabou aquela conversalhada-pra-boi-dormir! Melhor assim, não é não?

— E eu lá sei, dona Nelly?! Quero distância de política... Pobre só se lasca com isso... Vai a gente não trabalhar pra ver...

(Pausa)

— Mudando de assunto, dona Nelly, a senhora já assistiu essa novela das seis, O Feijão e o Sonho? Gente, que coisa mais linda!

— É nova, né?

— É, começou segunda-feira passada. Com o Cláudio Cavalcanti e a Nívea Maria... tão triste...

— Tenho tempo não, Indiara. Quando sobra uma brecha lá no hospital, ainda dou uma olhada na Saramandaia...

— Essa é tarde... Lá na pensão desligam a televisão às dez. Mas eu vejo todas as outras, a das seis, a das sete, a das oito... Por falar nisso, que novela mais complicada essa O Casarão, gente!

— Não sei, Indiara, não acompanho...

E ocultou-se mínima por detrás das páginas do jornal.

*****

Aborreceu a Indiara, o Nílson, quando na virada do dia disse que não almoçaria em casa — e com ele, o Guto.

— Gente, por quê que você não falou antes? Já até tirei os bifes da geladeira!...

Alheado, na poltrona da sala, Guto retomara *Os últimos dias de Pompéia*.

— Vamos lá, primo!

— Hã?

— Ê primo! Parece que vive no mundo da lua... Sabia que quem lê muito fica xarope? Ou então enveada! Larga isso, meu, maior vacilo!

Envergonhado, deixou a revista.

— E então, vamos?

— Aonde?

— Dar um rolê... Ver um filme...

— É que... não tenho dinheiro...

— Você está comigo, meu! Quem está com o Nílson Guedes está com Deus! É ou não é, Indiara?

— Não me mete nas suas confusões não, Nílson! Eu, heim!

*****

    Caminharam sem pressa duas quadras, quebraram à esquerda e estacaram diante de uma casa abandonada na Rua Sérgio Cardoso, os dedos da mão do Guto magoados de frio. Nílson, coturno, longo capote preto, chapéu-de-feltro mesma cor, assobiou um trinado, esperou. Logo, semelhante ritmo, soou a resposta. **Limpeza**, sussurrou e, após examinar um e outro lado da calçada, pularam o muro enveredando-se por entre o mato alto que engolia a varanda. Avançaram rente à parede, alcançando um porão escuro de onde provinham vozes excitadas. Ao vislumbrar ensombrada à porta a figura franzina do Guto, abraçado à descosida blusa verde, equilibrando-se, calça de tergal cor indefinida, sobre o quichute esmolambento, alvoroçaram-se

    Edu – cabelo black-power, casaco-militar, às costas costurado enorme coração vermelho, bute, calça-lee alisada com tijolo

    Zezão – gordo, pretas japona, camiseta, calça de veludo, Bamba Maioral, comprida corrente de onde pendia um crucifixo

mirrado, imberbe, calhambeques ilustram a vermelha gravata, terno náicron cinza-chumbo, pulôver creme, sapato Vulcabrás 752, Jimmy berrou:

— Quem é esse cara, Nílson?!

— Calma, pessoal! Está comigo... É meu primo, o Guto...

— Porra, Nílson, podia ter dado um alô!, disse o Edu.

— Chega aí, contemporizou o Zezão.

Penetraram no cômodo, mofo e ranço de cigarro.

— O primo é meio esquisitão, quase não fala, mas é gente fina...

— Caralho, Nílson, ele está de quichute!, expôs o Jimmy.

— E calça-de-escritório!, alegrou-se o Zezão.
— Ele é do interior, explicou o Nílson.
— Da roça?, cutucou o Jimmy.
— Não... Cataguases, murmurou o Guto.
— Cata o quê?, insistiu o Jimmy, debochado.
— Cataguases. É Minas Gerais.
— Então é roça, arrematou o Jimmy.
— Meu avô é mineiro, confessou o Zezão.
— Lá em casa todo mundo é, minha mãe, minha avó, meu avô... até meu pai era, afirmou o Nílson.
— Aqui é a nossa toca, Zezão falou para o Guto.

No canto esquerdo, uma bandeja de futebol-de-prego tampa um engradado, cascos de cerveja vazios; um colchão-de-capim de-solteiro, enrolado e amarrado com um barbante. No direito, sobre os classificados do 𝕯𝖎𝖆́𝖗𝖎𝖔 𝕻𝖔𝖕𝖚𝖑𝖆𝖗 um prato-de-papelão, nacos de frango assado e farofa, uma garrafa de Coca-Cola família, outra de cachaça 3 Fazendas, maço de Belmont, caixa-de-fósforos. Espalhadas sobre o chão-de-cimento grosso, guimbas recentes e antigas.

ZEZÃO: Está a fim de um rango?
NÍLSON: Caralho, meu! Que banquete!
ZEZÃO: O Edu trouxe da casa dele.
EDU: Sobra do almoço de ontem... O pau quebrou lá...
NÍLSON: De novo?
JIMMY: Como sempre...
ZEZÃO: Por causa do Marcelo...
EDU: Meu pai bateu-boca com ele... Falou que sabe que ele anda metido com política... que se ele dançar não adianta ninguém pedir que não vai segurar a onda dele não... que tem vergonha na cara... que ninguém da nossa família nunca pisou numa cadeia... Aí foi aquele chororô, o Marcelo peitou ele... a mãe se trancou no quarto... uma zona... Ninguém nem provou a comida...

JIMMY: Bom pra nós!
ZEZÃO: Só!

*****

E então?, perguntou o Nílson, pondo-se de pé, satisfeito após chupar os últimos ossos do frango assado. Sorveu mais um gole de Coca-Cola com cachaça, rosto contraído acendeu um cigarro, depositou o chapéu-de-feltro na cabeça, **Vamos nessa?** Parecia capitanear o grupo — embora mais velho que o Zezão, quinze anos em maio, mais novo que o Edu e o Jimmy, vizinhos dos dezoito. Talvez porque sozinho houvesse descoberto e explorado a casa, largada quando da morte dos donos por conta de uma inextrincável demanda entre os herdeiros, há sete meses seguiam-no, paladinos, desviando-se de melindres que pudessem instalar a controvérsia naquele abrigo indevassável.

*****

Frente ao desplante, **São uns baderneiros!**, o cobrador ameaçou convocar a polícia, mas o motorista, coagido pelos passageiros que lá fora na fila protestavam, irritados com a bagunça, o atraso, decidiu liberar a porta de trás do ônibus, no ponto final, linha Vila Moraes–Metrô Saúde, para que, sem pagar os bilhetes, se retirassem. Saíram atropelando cansaços, orgulhosos da façanha, e, aos brados, expropriaram, menos o Guto, uma mexerica cada um do tabuleiro de uma carroça estacionada na calçada, sem oportunidade de reação ao vendedor, **Filhos-da-puta!**, que permaneceu estático, punhos cerrados, escriturando o prejuízo, **Desgraçados!**

— Pessoal: Rock é rock mesmo!, incitou o Nílson.

— Uh-ru!, zurraram em uníssono, saltando os degraus rumo à bilheteria do metrô.

— Vai ser a maior zoeira, meu!, vibrou o Zezão, sacudindo os ombros do Guto.

Na estação da Sé desembarcaram — pombas disputam despojos entre nuvens de calças que infestam a praça, as impassíveis torres da Catedral à espreita —;
despachando-se em algazarra pela Rua Direita — vaidosas, as lojas formoseiam o estreito corredor —
atravessaram a Praça do Patriarca — esgana a garganta a fétida fumaça —,
transpuseram o Viaduto do Chá — o leito do Anhangabaú, caótico autorama —,
percorreram a Rua Xavier de Toledo — deve haver qualquer coisa atávica nestas feições sorumbáticas —
e
Praça Dom José Gaspar! **Cine Metrópole!**, rugiu o Jimmy.

Braços entrelaçados, arremedaram uma dança indígena, rito de guerra do grupo, misto de lembranças das cerimônias religiosas amazônidas exibidas no Programa Amaral Neto, o Repórter, e passos ritmados dos peles-vermelhas dos faroestes norte-americanos.

Recolheu o dinheiro, contou, comprou os ingressos, o Nílson: **Você já ouviu falar do Led Zeppelin, primo?**

— Não?!, desacreditaram.

— É só o maior conjunto de rock de todos os tempos, esclareceu, entediado, o Jimmy.

— Meu, o Jimmy chama Jimmy por causa do Jimmy Page! Não sabe quem é o Jimmy Page?, inquiriu o Zezão, boquiaberto.

— É só o maior guitarrista de todos os tempos, ensinou, enfadado, o Jimmy, enquanto giravam a catraca.

— O Jimmy é pirado com o Led Zeppelin!, afirmou o Edu.

Envaidecido, embora ainda enfastiado, Jimmy professorava, enquanto escolhiam as poltronas **documentário de** um show que eles deram em Nova York em setenta e três a lição abafada pelos uivos, urros, bramidos, da platéia alucinada.

*****

Iludido pela intensa luminosidade artificial, o dia mantinha seu frenesi, embora a noite há muito houvesse furtivamente se instalado. Empanturrados de Coca-Cola e pizza, avidamente devoradas num rodízio no Grupo Sérgio na Vila Mariana, dispersaram-se
perturbado, Jimmy tencionava tornar à casa para extasiar-se com sua coleção de Led Zeppelin, **Meu, vou ter que assistir esse filme de novo, meu! É demais!**
aflito, Zezão antecipava, **Minha mãe vai me dar a maior bronca!**
Edu decidiu vencer a pé o percurso até a Chácara Inglesa, onde, numa rua sem saída, de casas sóbrias e gente venturosa, não ambicionava aportar

Julho, 6, terça-feira

zira! Ô Alzira *ahn?!* Já vou, Olegário!, já vou! **Alzira! Espera, Olegário, o Pitoco soltou! Ô meu deus!** Excitado, o puldo negaceia, deslocando-se atabalhoadamente de uma ponta à outra do beco. **Você dá mais atenção pra esse cachorro do que pra mim, Alzira!** Desembaraça-se da felpuda manta azul, cochilara de roupa-e-tudo, a friagem, a cinzenta manhã espreguiça-se. Indiara, lenço na cabeça, reboca descuidada o aspirador-de-pó, abalroando os móveis. **Bom dia, Guto! Vai tomar café com o Nílson? Ele já acordou...** Zonzo, penetra no banheiro, mija, lava o rosto, escova os dentes, acorda.

— Senta aí, primo!
— Vocês vão almoçar em casa hoje?, grita a Indiara.

— Não, já temos compromisso já.
— Sei! Você está é fugindo da dona Nelly...
— Fugindo? Deixa de ser besta, Indiara!
— Eu te manjo, Nílson...
— Manja o quê, Indiara?
— Você...
— Quê que tem eu?
— Gente, você ficou de recuperação, que eu sei...
Exaltado, num átimo despacha-se à sala, **Quem te falou? A enxerida da Natália?**

*****

Caminharam sem pressa duas quadras, quebraram à esquerda e estacaram diante da casa abandonada da Rua Sérgio Cardoso. Nílson, longo capote preto descaído sobre camiseta furtacor, calça-lee, conga vermelho, examinou um e outro lado da calçada, pulou o muro. Guto, descosida blusa verde, calça de tergal cor indefinida, quichute esmolambento, seguiu-o. Enveredando por entre o mato alto que engolia a varanda, avançaram rente à parede, alcançando o porão escuro.

Estirado no colchão-de-capim de-solteiro, mãos amparando a nuca, cabelos desgrenhados, traje de véspera, Edu.

— Telefonei pra sua casa, falaram que você não pintou por lá...

— An-ram.

— Comeu nada não?

— Essas bolachas aí, apontou o pacote vazio e amassado atirado ao chão.

Nílson esquadrinhou o cômodo recolhendo o lixo.

Em pouco, um assobio, **É o Jimmy!**

Calça US Top, blusa cacharrel abóbora, conga azul-escuro, vitrinou-se à porta: **Passei na casa do Zezão... não sai o resto da semana...**

NÍLSON: Porra, meu, sacanagem! Por quê?
JIMMY: Sei lá, meu, a mãe dele é maluca...
NÍLSON: A gente bem que podia ir lá resgatar ele...
JIMMY: E você acha que, cagão do jeito que ele é, ele ia querer?
Riram.
NÍLSON: O Edu dormiu aí...
JIMMY: De novo, meu? Qual o grilo?
EDU: O de sempre...
JIMMY: E agora?
EDU: Sei lá...
JIMMY: Meu, é por isso que eu falo: eu vou é fazer concurso pro Banco do Brasil...
NÍLSON: Que mané Banco do Brasil, Jimmy!
JIMMY: Meu, quero curtir a vida, ser independente...
NÍLSON: Você?, atrás de um caixa!
JIMMY: Tem a estabilidade, meu... Depois que você passa, só sai quando aposentar...
EDU: Porra, Jimmy, e o resto?
JIMMY: Que resto?!
NÍLSON: Tudo o que a gente é contra!
JIMMY: Eu vou continuar contra, meu... E vou ter uma casa grande pra cacete só pra poder ensaiar com meu conjunto de rock pauleira...
NÍLSON: Maior papo furado...
JIMMY; Você vai ver...
EDU: Pois eu vou é me mandar...
NÍLSON: Pra onde?
EDU: Pra uma comunidade...
JIMMY: Comunidade?
EDU: É... todo mundo igual... sem encanação...
JIMMY: ... pelado... fumando maconha... transando...
NÍLSON: ... vendendo artesanato...

EDU: Podem gozar... já decidi... vou botar a mochila nas costas e cair no mundo...
JIMMY: E vai pra onde, meu?
Nílson acende um cigarro.
EDU: Sei lá... Bahia...
JIMMY: Bahia?
EDU: É... algum canto bem longe...
(Pausa)
JIMMY: E você, primo?
De pé, arqueado de frio, Guto sobressaltou-se: **Eu?!**
JIMMY: É, meu, o que você vai fazer da vida?
Uma translúcida lagartixa percorre frenética o teto.
Bentivis no quintal vizinho?
GUTO: Eu... eu... vou ser contador...
EDU: Contador?!
JIMMY: Que merda é essa, meu?
GUTO: O pai... ele não quer que a gente trabalhe pros Prata não...
JIMMY: Quê?!
NÍLSON: Os Prata... os caras que mandam na cidade dele...
EDU: Contador?!
NÍLSON: E aí, vamos bater um rango?
Edu põe o bute, veste o casaco-militar, costurado às costas enorme coração vermelho.
JIMMY: E você, Nílson?
NÍLSON: Quê que tem eu?
JIMMY: O que você vai fazer?
NÍLSON: Eu? Sou repetente, meu, não posso tomar mais pau não, se não minha mãe me bota no tronco...

*****

Quibes e esfirras e uma Coca-Cola família persuadiram o Edu a regressar à casa — **Pelo menos pra tomar um**

banho, meu, você está fedendo pra cacete!, o argumento inapelável do Jimmy que, na seqüência, exortou o Nílson (e o Guto) a unir-se a ele numa nova jornada **Rock é rock mesmo**.
— Dá não, meu, estou duro e hoje eu tenho que aparecer no colégio de qualquer jeito...
Apartaram-se.

    Nílson conduz Guto
aclives declives tumultuadas ruas avenidas buzinas motores carros motocicletas caminhões ônibus fumaça
               gente   gente   gente
sacos de lixo sitiam calçadas esburacadas
bicicletas-de-carga
recostados em camburões fardas alardeiam fuzis revólveres cassetetes
mendigas mãos misericordiam misérias
urgentes baratas desviam-se afobadas
casas botequins edifícios lanchonetes bancas de jornais bares ambulantes uma hora e meia escoa pés enregelados
Jardim da Saúde, Vila da Saúde, Vila Gumercindo, Rua Loefgreen, Rua Santa Cruz, Rua Visconde de Guaratiba
    — Espera aqui.
    A loja, térreo de um prédio residencial, duas portas-de-aço: uma, cerrada, encobria um curto balcão, longitudinalmente posicionado; a outra principiava um estreito corredor logo alargado, estrépitas máquinas tipográficas, odor de tinta, graxa, óleo, papel. Nílson soou a campainha e imediatamente acudiu uma calva que, saudando-o com entusiasmo, encaminhou-o para dentro. Dez minutos mais, exibiu-se à calçada sobraçando centenas de impressos.
    — Aquele cara é a fim da minha mãe, disse, avançando em direção à esquina. Quando eu preciso de grana, venho

aqui, ele sempre inventa um troço pra eu ganhar uma mixaria...

Parou, repartiu os folhetos.

— Ó, eu vou pra cá, você pra lá. A gente tem até as cinco pra distribuir tudo isso, beleza?

Do bolso interno do capote, Nílson sacou um cigarro, abordou um transeunte, solicitou fogo, soltou uma longa baforada, sumiu.

*****

Um insistente chuvisco escoltou a noite. Nílson instruiu o Guto a embrulhar os pés em folhas de jornal para aquecê-los. O cachorro-quente comeram abrigados sob uma marquise, agência do Banco Nacional, nas pastilhas brancas das colunas cartazes **PROCURA-SE**. Aos arrancos, o ônibus serpenteou a Avenida do Cursino acimabaixo, intermináveis archotes acesos que alumiam as calçadas apinhadas de rostos ansiosos. Apearam, Rua Doutor Nestor Alberto de Macedo, aligeirando-se até ultrapassar o portão do Colégio Estadual Júlio Ribeiro. Roupas e cabelos respingados, percorreram indecididos o corredor vazio, burburinho de ladainhas imperiosas, verdes murais fixados nas paredes. À porta de uma das salas, hesitaram. Um guarda-pó encardido, canetas azul e vermelha Bic no bolso bordado *Prof. Kazuo*, giz suspenso na mão direita, recepcionou-os, **Nílson, que surpresa!**, irônico,

— E aí, professor!?

— Vamos entrar... Você já deve conhecer todo mundo...

Acenou, burlesco, aos colegas.

— Professor... meu primo... ele pode...

— Claro! Apresenta ele à turma...

— Esse é o Guto, meu primo... ele é de Minas... meio caladão, mas gente boa...

— Oi, muxoxaram uníssonos.

Esparramados na pequena mesa-de-madeira um apagador, listas-de-chamada, um volume de **Testes Orientados de Física**, um maço de Vila Rica, um cinzeiro. Assentada nos ombros da cadeira, uma capa-de-chuva escorria amarela.

— Podemos retomar? Por favor, alguém empreste aí um papel e uma caneta pro Nílson, coitado...

Virou-se e, resignado, prosseguiu anotando na lousa, letra desenhada e diminuta, os exercícios que copiava do livro, irrequieto estertor de carteiras.

Quando assenhorou-se de todo o espaço do quadro, escreveu, no canto inferior direito, KBÔ!, assinou Prof. Kazuo - 76/06/06.

Acendeu um cigarro.

— Bom, gente, prestem atenção um minuto. Aqui vocês têm cinqüenta problemas que cobrem toda a matéria dada no primeiro semestre. Tentem resolver o máximo de questões em casa pra juntos a gente corrigir em aula. *(A sineta anuncia o intervalo)*. No final, vou escolher cinco pra cair na prova. Mamão-com-açúcar, não é não? Então: baái e até a próxima!

*****

Atentaram ainda às explanações da professora de Biologia, recendendo a patchuli, e agarraram-se, à saída, em conversações baldias. Ao ancorarem em casa, onze horas passadas, toparam com a Nelly, frente à televisão, de atalaia.

— Oi, meus queridos. Quanto tempo!

— Oi, mãe.

Levantou-se, desligou o aparelho, o sofá ajeitado para o Guto.

— Vamos no seu quarto, Nílson? Acho que você tem novidades pra me contar...

— Ah, mãe, estou caidaço...
— Vamos, Nílson! Dá boa noite pro Guto...
— Valeu, Guto...
— Boa noite...
— Boa noite, Guto. Durma bem.
— Boa noite, dona Nelly.

Julho, 7, quarta-feira

Rumor de passos nos degraus da escada... tilintar de chaves... Pam! Guto esperta, coração desenfreado, rastro adocicado da Nelly.

Embora o cheiro de fio queimado que nascia do chuveiro e o vento gelado que fustigava a cortina-de-plástico através da brecha do basculante emperrado, arrebatou-o a água cálida, a dadivosa manhã.

Ordenou a bolsa-de-viagem de napa, roupas sujas no saco plástico, recomendação da mãe.

Entretido na tagarelice da Indiara, mastigou com presteza o pão-de-frigideira, sorveu cuidadoso o Toddy quente.

Ilhado, na sala rematou *Os últimos dias de Pompéia*.

*****

— Guto, vem comer!, conclamou a Indiara, parando à porta do quarto da Natália: **Natá-lia! Natáááá-lia!, vem almoça-ar...**

Guto serviu-se, prato-colorex âmbar, arroz, feijão-mulatinho, bife de carne-de-porco, rodelas de tomate.

Indiara livrou-se do avental, mirou, na área-de-serviço, o céu enlutado, aragem fria e úmida: **Gente, cruz credo, isso não é católico não!**

— Oi, Indiara! Oi, Guto!, a Natália aproximou-se, chinelo-de-dedo, calça-lee, camiseta branca, espevitados olhos azuis, noturnos cabelos lisos derramados por sobre os ombros.

— Oi, Natália!

— Oi, Natália. Ah, mas um dia eu volto... se deus quiser...

— O quê, Indiara?

Serviu-se: arroz, bife de carne-de-porco, rodelas de tomate.

— Estou falando que um dia eu volto pra Almenara... lá não faz essa indecência de tempo não...

— Ih!, Indiara, de novo esse papo...

— Quero ser enterrada aqui não, gente, deus que me livre!

— Puxa vida, o quê que aconteceu, Guto? Achei que a gente não ia mais se ver antes de você ir embora... O que vocês andaram aprontando?

— Nada não...

— Sei! Conheço o meu irmão... e os amigos dele...

— Por falar nisso, a dona Nelly carregou o Nílson com ela...

— É mesmo?! Coitado... Quando a mãe invoca, ela põe a gente de castigo lá no hospital...

— Ela pediu pra você cuidar do Guto...

*****

Graciosa, a saia indiana amarela da Natália roça os ressaltos do piso saliente da calçada, Rua Divinópolis à Rua Nossa Senhora da Saúde, em seu encalço a fala trepidante do Guto, abafada no tumulto dos automóveis que ali transitam ruidosos.

— Natália... você... você lembra aquela vez em Cataguases? Foi legal, né? A gente não desgrudou um do outro três dias, até sua mãe comentou...

— É mesmo...

— Sabe, toda tardinha, depois que você voltava pra casa da sua tia, lá na Vila Minalda, eu... eu ficava num canto amuado... Você lembra das nossas brincadeiras?
— Hã?!
— Nossa, a gente brincou pra chuchu! De pique-de-esconder... de pular-carniça... de bola... você jogava pra danar... cabra-cega... Mas o que você gostava mesmo era de fingir de marido-e-mulher...
— Marido e mulher?!
— É...
— Como assim?!
— Você era enfermeira... eu, desempregado...
Natália se detém, examina um e outro lado, cruza a rua.
— Era engraçado... Uma vez você até me beijou...
— Beijei?! Nossa, que menina mais sapeca!
— Você não lembra não?
— Ó, é aqui.
O letreiro apagado, silhueta de uma guitarra, *The Thin Lizzy's Club*, o bar conquistado à garagem de um sobrado.
— Oi, Dinho!
O cabeludo-barbudo japona-camuflada do Exército calça-lee botina dispunha garrafas na geladeira, volveu, surpreso: **Oi, gatinha! Chega aí!**
— Tudo azul?
— Beleza...
— Esse é o Guto, afilhado da minha vó.
— E aí, bicho?
— Tudo em cima pra sábado?
— O pessoal pintou aí de manhã... trouxe o equipamento, caixa de som, microfone, batera... Quer dar uma sacada?
Transpuseram uma portinhola no fundo do cômodo, atingindo um quintal grosseiramente cimentado, mesas e cadeiras de metal vermelhas espalham-se por entre jabuti-

cabeiras e goiabeiras, uma lona protege o tablado improvisado à sombra de uma mangueira.
— Meu, está muuuuito legal!
— Só! Mas se chover...
— Nem fala...
— Pinta aí amanhã de tarde... Vai rolar um ensaio...
— Venho mesmo! Bom, acho que a gente já vai indo...
— Que isso, gata?
— É... vou levar o Guto naquele chinês ali, na Rua do Boqueirão... Ele quer comprar uma lembrancinha pra mim...
— Bacana, bicho! É isso aí! Não quer tomar um negócio antes não, gatinha? Por conta da firma...
— Tudo bem, Guto?
Assentiu, acabrunhado.
— Uma Coca-Cola, pode ser?
— E você, bicho?
— Nada não.

— O Dinho é uma peça, não é não?, comentou a Natália, satisfeita, acomodando a bolsa-tiracolo de crochê numa cadeira vazia.
Deslumbrados, seus olhos escalaram os galhos descamados de onde irrompiam negras esferas de jabuticabas.
— Natália... você... você não lembra mesmo daquela vez?
— Lembrar do quê, Guto!?
— Você falou assim: fecha os olhos, eu fechei, você encostou sua boca na min
— A Coca-Cola, gatinha.
— Legal!
— Você ainda está de rolo com o...
— Wil? An-ram.
— E cadê a figura?

— Ih, ele não tem mais tempo pra nada... De manhã ele faz jornalismo na Cásper Líbero, depois corre pro DCI... Ele descolou um estágio lá...
— Pode crer!

Os dedos de unhas roídas da Natália percorreram o suor do copo, desenharam círculos no tampo da mesa.
— Você vai casar com esse Wil, Natália?
— Quê?!
— Você vai casar com ele?
— Casar? Com o Wil? Sei lá...
— Então por quê que você está namorando firme ele?
— Por quê?!
— Ué, a gente namora é... é pra casar, não é não?
— Eu não acredito, Guto! Que coisa mais... mais... mais careta, meu! Parece a minha vó falando...

Curva de frio, a tarde recolhe-se, vagorosa, casmurra.

— Aqui! Aqui!
— Que foi, Guto?
— Vou beber alguma coisa...
— Beber?
— Aqui! Aqui!
— É Dinho o nome dele!
— Aqui! Aqui!
— Fala, bicho!
— Traz uma cerveja pra mim.
— Cerveja? Quer encarar uma birita envenenada não?
— Por mim...
— Não, Guto...
— Minha "batida del diablo" é foderosa, bicho!
— Guto, você não está acostumado...
— Você já bebeu cachaça de cascavel?

— Quê?!
— Cachaça curtida com cascavel.
— A cobra?!
— Que coisa mais nojenta, Guto!

Intempestivo, sem reparar gosto, cheiro, cor, Guto emborcou um longo gole,
— Assim você acaba bêbado, Guto!, Natália advertiu, exasperada.
um rastilho percorreu-lhe as entranhas, incandescendo o estômago.
— E aí, bicho?
— Cachaça com cascavel é mais forte!, desdenhou, apressando o trago derradeiro.
— Bicho!
— Pode ver outra!
— Outra?!, a Natália e o Dinho terçaram incrédulos olhares.
— Tenho dinheiro pra pagar, afirmou ríspido, com asco, dedos da mão esquerda prospectando os parcos cruzeiros embolados no fundo do bolso da calça.

— O quê que você está querendo provar, heim, Guto?
— Se eu fosse seu namorado arrebentava esse cara...
— Quê?!
— Esse maconheiro... Não vê que ele está dando em cima de você?
— Dando em cima de mim?!
— Vai dizer que não percebeu?
— Ah, Guto, manera!, suspirou, desalentada.

Nos desvãos das grimpas das árvores, conspiram as nuvens.

Sem reparar gosto, cheiro, cor, Guto emborcou outro longo gole, a beberagem escorre-lhe queixo abaixo.

Natália amarfanha ansiosa a trama da bolsa-tiracolo de crochê.
Ensimesmado, Guto patrulha uma comitiva de lavapés que metodistas labirintam-se por entre a folhagem.
Repentina, Natália levanta-se, resoluta.
— Guto, vamos embora!
Embaciados, os olhos tartamudeiam:
— Natália... vocês tudo... vocês me acham um bosta, né?
— Quê?!
— Vocês tudo... você... seu irmão... sua mãe... seu namorado... vocês tudo...
— Ah, Guto, dá um tempo...
— ... mas... Natália, ó... sou um bosta não...
— Claro que não, Guto... Vamos embora agora, vamos...
Dinho acerca-se, ressabiado.
— Porra, Dinho, você não podia ter dado essa porcaria pro Guto! Olha o estado dele!
— Qual é, gatinha? O cara é que é o maior vacilão...
Guto ergue-se bruscamente, seu pé enrosca-se na cadeira, chacoalha a mesa, a garrafa vazia de Coca-Cola gira, rola, se espatifa no chão,
— Puta que pariu, bicho!
seu corpo galeia,

Julho, 8, quinta-feira

Lânguida, a manhã espreguiça-se. Gorjeia o sabiá-laranjeira do padrinho, saltita entre poleiros e forro, bica as sementes do jiló maduro preso nos arames da gaiola. A madrinha entoa um hino *Jeová castelo forte é, o Deus leal e protetor / E se vacila nossa fé, poder nos dá em Seu amor / Des-*

trói o perspicaz ardil de Satanás / A fim de o derrotar com Seu poder sem par / E aos Seus provê descanso e paz. Feliz, o puldo ladra.

 Vagarosamente, Guto se desvencilha da felpuda manta azul — sabe a chumbo a boca desértica, a língua saibrosa —, senta-se à beira do sofá. Em vão os pés hesitantes procuram o quichute; trêmulas, as mãos comprimem as fontes latejantes. Um calafrio percorre o torso nu, os encovados olhos percebem nódoas salpicadas nas pernas da calça. Bambo, fuça a bolsa-de-viagem de napa, recolhe uma muda limpa de roupa, rasteja ao banheiro.

*****

 Na cozinha, escancara a geladeira, apanha uma jarra de água, despeja-a sôfrego num copo-americano, uma duas três vezes. Os ponteiros do relógio-de-parede resvalam as sete e meia. Nota, então, no centro da mesa-de-fórmica amarela, dobrada sob o bule vazio de café, uma folha de caderno, *Indiara*. Atormentados, os dedos espionam o bilhete.

Indiara,

estou na casa da Lídia. Vou passar o dia lá. O Guto bebeu ontem, passou mal, vomitou pra caramba. Eu limpei o chão da sala, mas depois você podia passar pano lá de novo, antes da mãe chegar. Acho que sujou a manta também. Não fala nada pra ela não, porque ainda é capaz de sobrar pra mim. Coloquei as coisas dele no tanque. Telefono depois.

Natália

*****

A lâmpada, quarenta velas, pensa do teto baixo, desvela a desbotada passadeira inútil desenrola-se sobre tacos arruinados
estendido no sofá, sob um cobertor sebento, a palidez do padrinho ressona, baba a boca banguela, exposta a esquelética mão sarapintada — nem ouve os chiados do rádio-de-pilha Spica, espremido entre o travesseiro e o encosto do móvel
na gaiola, cisca displicente o alpiste o sabiá-laranjeira
o retrato oval colorizado, o que foram um dia Olegário e Alzira, ele, terno-gravata, vaselina nos cabelos, belo bigode negro elegantemente aparado; ela, sóbrio vestido claro, coque, os ainda reconhecíveis olhinhos entrefechados
a poltrona molas estufadas
a cristaleira – bibelôs lascados; conjuntos mutilados de baixela; ímpares xícaras, pires, açucareiros, bules; uma travessa; uma manteigueira azul
tresanda a anteontem, tudo.

Vassoura na mão, a madrinha esfrega o quintalzinho morrinhento, cúmplice das queixas do puldo acantonado:
(— Eu não podia ir embora, madrinha, sem ficar mais um pouquinho com a senhora, alegara o Guto, cismático.
A velha, enxugando as mãos no avental, tomou a bolsa-de-viagem de napa, largou-a junto à cristaleira.
— Ai, meu filho, você não sabe como me deixa contente, dissera, concitando-o a acompanhá-la à cozinha — "Estou lavando o chiqueirinho do Pitoco" —, hoje em dia ninguém mais quer saber de velho... A Natália, o Nílson, que moram em cima da nossa cabeça, passam tempos sem aparecer...)
Não sei... mas eu sinto que nunca mais vou voltar em Cataguases... O Olegário, coitado, nesse estado... Eu... esse caco que você está vendo... E a Nelly já avisou que vamos

ser enterrados aqui mesmo em São Paulo... todo mundo... Já tem até a catatumba do Cemitério da Vila Mariana, onde está o finado Dimas, que Deus o tenha... Ela não quer mais saber de Cataguases... Da última vez, chegou danada falando que não põe mais os pés lá... Está certa, o lugar dela é aqui... foi aqui que as coisas aprumaram... Mas... As outras meninas, você não conheceu não, não é?, a Janderly e a Marly... elas têm filho pequeno, maridos cada um de um lugar... as obrigações... Além do quê, elas sempre implicaram com Cataguases... Fazer o que lá, mãe?, elas ficam bravas quando eu toco no assunto... Com a minha caçula, a Janderly, nem conto... Ela veio pra cá cedo... foi criada aqui mesmo nesta rua... e novinha ainda mudou pro interior... Mas eu, meu filho, eu queria... queria muito rever os meus... sinto muita saudade... A minha mãe, o meu pai, que Deus os tenha, estão sepultados lá... Tem a minha irmã, a Nilma, que mora na Vila Minalda... Nós éramos muito ligadas... Fazemos aniversário com diferença de quatro dias, acredita? Quatro dias!... E tem o Jadir, meu irmão do meio, que mexe com venda em Pirapetinga... Nossa família é toda de lá... Ainda tem os sobrinhos, os primos, tios

*****

Alzira!, assusta-se, nauseado, o Guto, **Quede a sopa, Alzira?**, a testa merejada. Vazio o sofá, o sabiá-laranjeira jururu. Uma grudenta névoa emana das panelas na cozinha, busca escapulir pela sala. **Já vai, Olegário! Deixei esfriando um pouquinho...** A custo, doma as pernas, deixa a poltrona de molas estufadas, escora-se à porta do quarto, **Bença, padrinho**. Guincha o rádio-de-pilha Spica. O velho, embrulhado no seboso cobertor, fita-o com desprezo, torna a encarar a laje. O guarda-roupa, a cama-de-casal, a pentea-

deira abarrotada, vidros, conta-gotas, cartelas de comprimidos, copo de estanho, um vaso oferta quatro empoeiradas flores-de-plástico vermelhas pontilhadas de cocô-de-mosquito, uma Bíblia, um hinário, fedor de mijo, de fezes.
— Ô, Luís Augusto, acordou? Fiquei preocupada...
— Esses dias tenho deitado tarde, madrinha...
— É... o Nílson... Já falei pra Nelly... Esses meninos não têm hora pra dormir, não têm hora pra acordar... É uma anarquia... um desgoverno... Não sei o que vai ser...
— Falta corrião!, berra o velho, É isso o que falta: corrião!

*****

Seis vezes a corrente serpenteia por entre as hastes do portão-de-ferro. **É a Nelly**, previne a velha, empurrando o garfo à boca.
— Oi, mãe. Oi, Guto.
— Nelly!, protesta o velho, Vem aqui, minha filha!
— Já vou, papai.
— E ele?
— Ah, minha filha, gemeu a noite inteira... Acho que aquele remédio pro sono não está adiantando nada... Não era melhor levar ele de novo no médico não?
— Não, mãe, tem que esperar mais um pouco...
— Não quer aproveitar e almoçar com a gente, minha filha?
— Não, mãe, só vou ter fome mais tarde. E você, Guto? Que cara é essa?
— Sono, Nelly... Também, coitado, vai querer acompanhar a função do Nílson...
— Que implicância, mãe!, o Nílson nem estava aqui ontem, foi pro hospital comigo!
— Eu vim fazer um pouquinho de companhia pra madrinha... Vou embora hoje...

— Ah, é verdade! Tinha esquecido... Bom, vou ver como estão as coisas lá em cima...
— Nelly!
— Já vou, papai! A Natália cuidou direitinho de você, Guto? Que bom! Mamãe, quando o Raul chegar, pede pra ele ir tomar um cafezinho comigo.
— Pode deixar, minha filha.

*****

O almoço prostrou o corpo lasso novamente à poltrona de molas estufadas
ronca no quarto o padrinho
    enxágua as vasilhas na cozinha a madrinha
        devaneia o sabiá-laranjeira
o puldo alerta às circunvoluções de um mosquito
    em silêncio sucumbe a tarde em nuvens frágeis,
            enfermiças

*****

— Compadre! Vem, vamos entrando...
A corrente serpenteia três vezes por entre as hastes do portão-de-ferro. Zonzo, Guto pula da poltrona de molas estufadas.
RAUL: Este é o Hélton, futuro genro do Juca.
ALZIRA: Prazer! Não quer entrar, tomar um cafezinho?
HÉLTON: Não senhora, muito obrigado, deixa pra uma outra vez...
GUTO: Pai!
RAUL: Ô Luís Augusto, vem cá, deixa eu te apresentar o Hélton. O Hélton é namorado da Lidiane, sua prima, filha mais velha do Juca...
GUTO: Oi.
ALZIRA: Não quer mesmo entrar?

HÉLTON: Não, obrigado... Bom, então, está entregue, não é, seu Raul?
RAUL: Obrigado, Hélton. Vai com Deus, meu filho. Dá lembranças a todos lá...
HÉLTON: Boa viagem, seu Raul. Tchau, Luís Augusto, boa viagem. Prazer, dona Alzira.
RAUL: Aparece lá, em Cataguases...
HÉLTON: Quem sabe um dia, seu Raul...
Bateu a porta do TL com força, deu a partida, desapareceu Rua das Monções abaixo.
— Vem, vamos entrar...
A madrinha trancou o portão-de-ferro, candeou-os à sala, fez o Raul depositar a bolsa-de-viagem de napa junto à do Guto.
— Compadre Raul! Vem aqui, compadre Raul!
— O Olegário... achei que ele estava dormindo...
— Estou dormindo não, compadre... Quem dera... Já nem madornar mais consigo...
— Vou passar um cafezinho pra nós.

*****

Duas vezes a velha subira as escadas, duas vezes a Indiara asseverou, enrubujada, que a Nelly permanecia trancada no quarto, descansando, **Mas ela pediu pra chamar ela...**, e regressava arfando, lamurienta, **Quê que o compadre vai pensar, meu deus?!** Os ponteiros do relógio resvalavam as seis horas — a comadre, banho tomado, pronta para o culto —, a Nelly, olhos empapuçados, interrompeu a palestra.
— E então, Raul?, como foi o passeio?
Guto, que se homiziara na conversação — emaranhado de nomes e reputações, tempos e modos, sucedidos e acontecidos —, acuou.
— Ô Nelly, pensei que ia embora sem te ver...
— Desculpa, Raul, tive um plantão daqueles!

— Preocupa não...
— E o Nílson, mamãe?
— Nem cheiro...
E a Natália?
— Engraçado... falei com ele pra descer e despedir do Guto...
— Vamos deixar o Olegário descansar um pouquinho agora...
— Quem disse que estou cansado, ô Alzira!
— A gente quer fumar, pai...
— O senhor volta aqui depois, compadre!
— Vamos, vamos lá pra sala... eu sirvo um cafezinho... Nelly, fiz aquele bolo de fubá que você gosta...

— E o seu irmão?
— O Juca? Está bem, graças a deus... Ele trabalha numa fábrica lá... autopeças... Mora numa casinha boa no bairro da Assunção, não sei se você conhece...
— É São Bernardo, não é?
— São Bernardo. Isso mesmo. Está bem... Tem um casal de filhos... A Lidiane, a mais velha, está uma moça já... O noivo dela, o Hélton, é que veio me pegar e trazer... Um rapaz bom que só vendo...
— Ele mexe com quê? O cheiro do café está vindo aqui, mamãe!
— Eles têm uma oficina mecânica... Ele e um irmão dele... O Hélton desamassa os carros, lixa, pinta, essas coisas... Já marcaram o casamento... Fevereiro... Até me convidaram pra ser padrinho...
— E você aceitou?
— Tenho condição não, Nelly... Ah, obrigado, comadre!
— Obrigado, mamãe!
— A vida não anda fácil não, Nelly... Muita despesa... Dinheiro curto... Uma luta!

— O bolo está uma delícia, mamãe! Não vai comer nada não, Guto?

*****

O pai estacou por um momento, acendeu um cigarro, pôs-se a examinar extasiado a multicolorida cúpula da rodoviária. Depois, as fatigadas pernas aflitas driblaram guimbas, paus-de-fósforo, copos-de-plástico, papéis, guardanapos, escarros, e encaminharam-se determinadas à lanchonete. **Quer comer alguma coisa? Não, pai... Não era bom você comer alguma coisa? A viagem é longa... Não, pai, estou com fome não... Um cafezinho, por favor.**

O pai acomodou as bolsas-de-napa de viagem no bagageiro, sentou-se, acendeu um cigarro.
— E então, meu filho, o quê que você achou de São Paulo?
Lá fora, na suja rua escassamente iluminada, um homem, vestes esfarrapadas abandonado ao relento, expõe a perna, pútrida chaga, escoltado por três melancólicos viralatas.

Carta a uma jovem senhora

Laura,

Não, não, muito... íntimo...
Aílton empurrou a cadeira, levantou-se. Abriu a janela, debruçou no parapeito, acendeu um Hollywood. A fumaça dos ônibus, caminhões, carros e motocicletas que congestionavam a Avenida São João, àquela hora, amordaçaram-no, sufocando-o. E o barulho dos motores, o alarido das buzinas, a algazarra das vozes viçaram dentro do pequeno quarto do hotel. *Laura...* A tarde cinzenta fugia por detrás dos edifícios velhos e sujos. A brisa advertiu-o, não havia providenciado um agasalho para enfrentar a friagem que, sorrateira, revolve a madrugada de São Paulo. *Paciência!* Ao voltar, bateu o joelho na quina da cama, *Merda!*, sentou-se, arrancou a folha do bloco de cartas, amassou, jogou no cesto de lixo. Pegou a caneta Bic, mordeu a tampa.
Prezada...

Prezada Senhora Laura,

Não... não é isso ainda...
Uma enorme mancha de mofo ilustra a parede descascada. Envolto pela frágil seda de teias-de-aranha, o bocal da

lâmpada pende do teto amarelado. Arrancou a folha do bloco de cartas, amassou, jogou no cesto de lixo. Empurrou a cadeira, levantou-se. Caminhou até a janela, cerrou-a. Ligou a luz, apanhou a bolsa-de-viagem, correu o fechecler, retirou o litro de Natu Nobilis, depositou-o na mesa. Abriu a garrafa, despejou a bebida no copo. Sorveu um gole, outro.
Prezada Laura...

Prezada Laura,

Observou a caligrafia.

Quando você receber essa carta, provavelmente não vai se lembrar de mim, afinal lá se vão

Quantos anos! Quantos anos?

No selim da bicicleta, Aílton aguardava apreensivo o momento em que Laura cruzaria a Praça Santa Rita, vinda do Colégio Cataguases. Suas mãos suavam, apertando o guidão. Olhos caçadores, fixos na Rua dos Estudantes. Para matar o tempo, contava. Até cem. Até duzentos. Até... *Lá vem ela!* Pedalou com força, contornou a Igreja Matriz, quase a atropelou na descida da Ponte Velha.

— Aílto! Que susto!
— Laura! Desculpa... Não tinha te visto...
— Tudo bem... Você sumiu, heim!
— É... o Tiro-de-Guerra...

Apeou.

— Sabia que estou indo embora?

— Embora?

— É... Pro Rio. Vou procurar emprego lá...

— Puxa! Então quer dizer que você também vai embora?

"Também" vou embora. "Também"...

Ela diminuiu o passo.

— E... quando você decidiu isso?

— Uai, Laura, mais dia menos dia a gente tem que tomar rumo... Não dá pra ficar aqui a vida inteira... No Rio pelo menos a gente tem mais... possibilidade... assim... de crescer...

Ensimesmada, caminhava devagar, olhos missionários vagamundeando.

Aílton montou na bicicleta.

— Bom, Laura... acho que vou indo...

Ela balançou a cabeça, longínqua.

— Espero que corra tudo bem...

— E eu desejo que... que dê tudo certo pra você também...

Dezesseis anos...

dezesseis anos! Você deve estar intrigada em saber como consegui seu endereço. Uns três anos atrás estive em Cataguases no enterro de um tio meu, que me criou, você não chegou a conhecer, e encontrei por acaso a Mirtes, sua prima. Pedi para ela notícias suas e ela me disse que você estava morando em Ipatinga, que tinha casado e estava com dois filhos. Ela me passou seu endereço e o telefone. Nunca tive coragem de ligar. E, como também não tinha nada de interessante para dizer, nunca escrevi. E, se faço agora, é porque descobri algo que, tenho certeza,

Certeza? Não, não tenho certeza, Laura... não tenho mais...
Empurrou a cadeira, levantou-se. Espreguiçou, estalando os dedos da mão. Encheu novamente o copo de uísque, acendeu outro cigarro. Abriu a janela. O movimento na avenida havia minguado, raros carros desapressados, desertos os pontos-de-ônibus. A noite abancara-se, definitiva.

Aílton desceu do ônibus 474 (Jacaré-Jardim de Alah) na Rua Raul Pompéia e ao virar a esquina da Rua Sá Ferreira deparou com intensa movimentação. Camburões, sirenas histéricas, revólveres, fuzis, a multidão espremida junto ao cordão de isolamento. Infiltrou-se entre os curiosos, "Quê que está acontecendo aí?" "A polícia invadiu o morro, ninguém entra, ninguém sai", respondeu um senhor baixinho, de óculos. "Mas eu moro aí...", disse. "Eu também", retrucou, "Mas eles não deixam passar ninguém." *Porra!, não é possível! Vou falar com eles...* Bateu no ombro de um soldado, "Quê que está acontecendo aí?", que o mirou com desdém, "É uma festa, não está vendo?" "É que eu moro bem ali... naquele prédio, ó..." O policial interceptou: "Ninguém entra, ninguém sai..." Ainda disse: "Pera lá, sargento... trabalhei o dia inteiro... queria chegar em casa..." "Ninguém entra, ninguém sai!" Aílton virou-se para o senhor baixinho, de óculos. "Que merda, heim!" O homem deu-de-ombros.
Desvencilhou-se do ajuntamento, dirigiu-se a um botequim na esquina, sentou-se numa mesinha na calçada, pediu um chope. O suor grudava a pele à roupa. *Só me faltava isso hoje!* Acendeu um Hollywood, perguntou ao garçom: "Será que demora muito essa bagunça aí?" "Ih, isso é coisa pra durar a noite inteira..." *Caralho!*
Na segunda tulipa ouviu tiros, assustou-se. Pensou levantar-se, correr, ninguém se moveu. Deixou-se, músculos retesados.

No quinto chope avistou, aliviado, o César.
— César! Ô César!
— Cara, você por aqui?!
— Pra você ver! Que merda, heim?
— Põe merda nisso! Ainda tenho que tomar banho, correr pra Ipanema... Se demorar muito essa palhaçada...
— Senta aí, toma alguma coisa...
— Que remédio!
Aílton pediu mais dois chopes, uma porção de batatas fritas. Embora dividissem, há dois anos, um minúsculo apartamento a um quarteirão, quase não se encontravam. Aílton entocado no caixa de um banco, César varando noites em bares a dedilhar o violão. Vez ou outra permutavam banalidades. A empregada não apareceu essa semana. O dinheiro do aluguel está debaixo do liquidificador. A conta do telefone está vindo muito alta. Viu o mulherão que mudou pro andar aí de baixo?
— A nós!
— A nós!
— Cara, eu estou ferrado... Sabia que fui despedido?
— Despedido?
— Pra você ver. Esse negócio de gerenciamento moderno... redução de custos... essas coisas...
Despedido!? César suspirou contrariado.
— Porra, sacanagem!
Só espero que tenha guardado grana pra rachar as despesas enquanto não arruma outro emprego...
— Pois é...
... eu é que não vou bancar nada sozinho...
— E agora?
— Sei lá... Estou pensando... Acho que vou embora...
Embora!?
— Voltar pra... Como é mesmo o nome da sua...
— Cataguases? Não, cara, de jeito nenhum... Tenho mais nada a ver com aquilo lá não...

Puta merda! Aborrecido, César esvaziou a tulipa, nada fácil arrumar gente de confiança para repartir aluguel, contas, espaço...

— ... querendo mesmo dar um tempo... Mudar de ares... Vidinha mais besta... Acordar... trabalhar... dormir... Dinheiro curto no fim do mês...

— É... é foda...

... se bem que... não era o Gersinho que andou especulando sobre lugar pra morar?

Aílton acendeu um cigarro, demandaram mais chope.

O Gersinho parece gente boa....

— Já te falei da Laura? O Jacinto, aquele filho-da-puta, é que se deu bem... O Jacinto! A Laura, ela achava ele do caralho... Mulher é bicho besta...

Por quê que não peguei o telefone dele?!

— Filhos-da-puta, os dois! Ela, tão metida... "Ai, que o Jacinto isso... Que o Jacinto aquilo..." Desgraçada! Sabe que eu ainda lembro dela direitinho? Da casa onde ela morava... dos nossos papos... Casou... Tem dois filhos...

Pousou o cotovelo na mesa, mão no queixo, olhar embotado.

César sorveu outro gole, espetou duas batatas fritas e percebeu, satisfeito, as viaturas se dispersarem, ensandecidas.

Ah, o Big deve ter contato com ele! O Big conhece todo mundo...

— E então, Aílto, vamos indo?

— Não, vou ficar mais um pouquinho...

Aílton arrastou a cadeira, sentou-se novamente à mesinha, agarrou-se à caneta Bic. Emborcou um trago de uísque, despejou na lixeira as cinzas e pontas de cigarro.

vai mexer com seu passado.

    Sim, Laura, o passado. Gastei minha vida tentando encontrar algo que se perdeu lá atrás e que nem mesmo sabia o que era. No Rio, andava para cima e para baixo – conheço a cidade como a palma da minha mão – e não encontrei, em momento algum, nada que me interessasse de verdade. Nunca consegui deixar de pensar, um só instante, naqueles nossos encontros, banais para você, inesquecíveis para mim. Meus dias têm sido apenas uma contagem regressiva, uma espera atormentada. Não sei se você me compreende. Não, não compreende, ninguém compreende. É um pesadelo. Eu sei que o tempo passa, mas para mim passa diferente. As poucas vezes que voltei em Cataguases andava pelas ruas na esperança de encontrar, virando a esquina, você, o Fio, o Ricardo, a turma da APL. Mas, qual o quê. Nenhum rosto conhecido, nada do antigamente, nada.

    Eu não conformo, Laura, que o dia que eu desci a rua da Ponte Velha e encontrei com você tenha sido a última vez que a gente se falou, que nós não nos veremos mais, nunca mais. Lembro como se fosse hoje, eu estava com a cabeça rapada, tinha acabado de servir o tiro-de-guerra, e você vinha do Colégio Cataguases. Eu falei que ia embora, parei para despedir, você pareceu fria, distante. Por causa de você, Laura, virei um sujeito amargo, descrente, solitário. Que não enxerga nada à frente, que apenas esmola migalhas do passado. Eu passei todos esses anos querendo te esquecer. Tentei me envolver com outras mulheres, mas elas não tinham o seu porte, o seu cabelo, a sua cor, o seu cheiro, não eram você. Depois, com o tempo, descobri que na verdade eu não queria esquecer você, porque você é o meu passado e eu não queria perder o meu passado, única certeza que possuía.

Aílton empurrou a cadeira, levantou-se. Jogou longe o tênis, deixou-se desabar na cama. A luz vermelha do letreiro de um sex-shop alastra-se intermitente pelo quarto. Acendeu um cigarro, fumou-o em longas tragadas espaçadas. Bebeu mais um gole de uísque, abriu a janela, debruçou no parapeito. Prostitutas, travestis, traficantes, meninos-de-rua espalhavam-se agora pela Praça Júlio Mesquita.

— Você gostou?
Ainda atordoado, tinham sido tantas as novidades num só dia!, Aílton disse que sim, que tinha adorado. E mordeu mais um pedaço do bolo-de-chocolate, especialidade da dona Rosinha. Não se lembrava mais como havia ido parar no porão da casa da Laura naquela manhã de domingo, logo após a missa das sete na Igreja de São José Operário. Mas estava lá agora, sentado num banquinho de madeira, ladeando uma mesa enorme, repleta de doces (coco, pé-de-moleque, bombocado, quindim, abóbora, figo-em-calda), pães (de-queijo, de-canela, francês, de-fôrma), sucos (limão, laranja, quissuco de uva, morango e framboesa), queijo-minas e bolo. Seu Saulo, dona Rosinha, dona Eustáquia, a irmã solteirona dela, duas vizinhas catequistas (dona Selma, mãe da Vilma, e dona Naná), o padre Heraldo. Isaías, Vilma, Virgínia, Pistolinha, Ricardo, Jacinto, Saulinho e Laura: a turma da APL — Amor, Paz, Liberdade, quanta ilusão! Dona Rosinha desvestiu o violão, repassou-o ao padre Heraldo, disse, Padre Heraldo, canta alguma coisa pra nós. Ele, gordo e desajeitado, intimidou-se, insistiram, condescendeu. Aninhou-se num canto, cruzou as pernas, abraçou o instrumento, desembaraçou o vozeirão, "Tu te abeiraste na praia / Não buscaste nem sábios nem ricos / Somente queres que eu te siga". Animados, acompanharam-no, batendo palmas.

Admitido no grupo, nos fins-de-semana participava do coro nas missas dominicais, dos piqueniques, dos banhos de cachoeira, da distribuição de comida, agasalhos e brinquedos na periferia da cidade, das visitas aos doentes no hospital. E, todo fim de tarde, após as aulas, Laura, esquina da primeira rua do Bairro-Jardim, aglomeração operária de residências rigorosamente iguais. Na sala, uma estante, trinta e poucos livros, José Mauro de Vasconcelos e Jorge Amado, Harold Robbins e Sidney Sheldon, J.G. de Araújo Jorge e Lobsang Rampa, Carlos Drummond de Andrade e Graciliano Ramos, Neimar de Barros e Padre Zezinho. "Você já leu isso tudo?", perguntou, espantado, "Claro, né, eles não estão aí só de enfeite...". Ela estava sendo preparada para ser-alguém na vida. "Laurinha vai estudar advocacia, não vai ficar aqui comendo algodão que nem todo mundo não. Quero ela longe da fábrica!" E dona Rosinha: "Se Deus quiser, Saulo, se Deus quiser..."

Tenho guardado, na minha carteira, um retrato seu. Você está de biquíni, aquele estampado que as meninas falavam que era cafona, um diadema na cabeça. Você aparece toda sorridente. Ao fundo, aquela cachoeira perto da Ponte do Sabiá. Atrás, com letras caprichadas, está escrito: "Para meu querido amigo Isaías, de sua amiga, Laura". E mais embaixo, os garranchos dele: "Para o Ailton, que precisa mais".

Você acredita que nesses dezesseis anos estive apenas três vezes em Cataguases? A primeira para o enterro da tia Cotinha, que me criou, e que eu considerava minha mãe verdadeira. A última, há uns três anos, para o enterro do marido dela, o tio Juliano, quando encontrei por acaso a Mirtes, que me disse que você também poucas vezes voltou lá e que nunca tocou em coisas do passado. Eu, no entanto, busquei informações sobre cada um dos apeeles, como o pessoal chamava a gente, com deboche.

<u>Isaías</u> – Entrou num seminário, mas não se ordenou, uma pena, sempre achei ele com cara de padre. Parece que é representante comercial no Espírito Santo.
<u>Ricardo</u> – Foi para São Paulo, estudou, virou protético, abriu um consultório em Ubá. Me disseram que ainda toca violão e canta em casamento.
<u>Vilma</u> – Essa se estrepou, coitada, por causa daquele cara que ela andava engarupada o dia inteiro na moto, lembra? Ele virou traficante, ela acabou presa em Miraí, cumpriu pena, sumiu.
<u>Virgínia</u> – Casou, tem três filhos, o marido trabalha na Glyco, ela dá aula de Matemática no Polivalente, moram na Taquara Preta.
<u>Pistolinha</u> – O Graciano, olha que coincidência. Uma vez, andando à toa pela Avenida Presidente Vargas, no Rio, dei um esbarrão nele. Nos abraçamos, fomos tomar um chope, acabamos bebendo uns dez cada um. Ele contou que você fez Letras em Cataguases e que tinha mudado para Belo Horizonte. Ele formou em Engenharia, trabalhava numa construtora, recém-casado, a mulher esperando um bebê. Ele me deu o endereço, o telefone, ficamos de nos encontrar sempre, nos despedimos e nunca mais nos vimos. Isso já vai para quase dez anos.
<u>Saulinho</u> – Seu irmão a Mirtes falou que foi para os Estados Unidos, mas não soube explicar o que ele faz lá. Ele era bem mais novo que a gente, acho que se visse ele hoje não reconheceria.

E o Jacinto? Você ainda lembra dele? Você e ele são responsáveis pela desgraceira que é a minha vida, Laura. Você foi uma doença, uma doença que me fez perder o gosto pelas coisas, que me fez achar que o mundo se resume naquele tempo que passei hipnotizado por você, sem perceber que era humilhado o tempo todo. A sua doçura, Laura, esconde uma pessoa mesquinha, isso descobri tarde demais. Você ainda conseguiu se virar. Constituiu família, enterrou o passado, essas coisas todas que estou lembrando devem ser estranhas para você agora. Eu fiquei escorregando pela vida, andando feito bobo pelas ruas e praias do Rio de Janeiro, fuçando os becos, os morros, os ônibus, os táxis, para ver se via alguém parecida com você, se encontrava alguém que pudesse me livrar dessa maldição.

Aílton negociou seu álbum de figurinhas da Copa de 70, completo, dois canos de chumbo e um canário-belga, com gaiola e tudo, para comprar o último elepê do Toquinho & Vinícius. Quase não se continha em sua ansiedade quando disse para o balconista, "É pra presente." Saiu correndo em direção à casa da Laura. Ela estava sentada na janela, lendo um livro qualquer. Ele, suando fevereiro, o sol cozinhando seus pés dentro do quichute, estendeu a mão: "Oi, Laura, trouxe pra você". Ela marcou a página, pulou para a rua, tomou o embrulho, rasgou o papel, "Ah, Aílto, não precisava...", empurrou a porta, abriu o móvel da eletrola, colocou o disco no prato, "Venha se perder neste turbilhão / Não se esqueça de fazer / Tudo o que pedir esse seu coração". "Laura, eu... eu queria... assim... saber... se você não queria... namorar comigo... Eu converso com a dona Rosinha... com seu Saulo... Namoro firme..." Ela sorriu, encabulada. "Aílto... eu... eu gosto de você... você sabe disso... Mas o Jacinto... A gente..." "Vocês... estão namorando?" "Você não vai ficar triste, não é mesmo?" "Claro... que não..." Tomou fôlego. "Olha, Laura, se... se o disco tiver algum problema... arranhado... coisa assim... você pode trocar... lá na Real..." "Aílto! Ô Aílto!" Mas ele já tomara sombra na esquina.

Aílton mijou, lavou o rosto, ânsia de vomitar, cansaço. Queria deitar, dormir, mas algo o impelia a continuar a carta, arriar o corpo na cadeira desconfortável, na mesinha minúscula, pegar a caneta Bic e preencher todas aquelas folhas em branco. Engoliu mais um trago de uísque. A sirena de um carro de polícia.

Quando fui demitido do banco, tomei um porre. No dia seguinte, acordei de ressaca deitado na poltrona da sala, entregue às baratas, como se diz, um aperto no peito, uma saudade danada, um negócio esquisito que eu vou te contar. Lembrei de quando eu morava na Vila Resende, as galinhas desnorteadas com o apito do trem, um cachorro que eu tinha, o Duque, nem sei que fim levou. Depois, a ida para a casa da tia Cotinha na Vila Teresa, as peladas no campinho, eu aprendendo a andar de bicicleta, cada tombo!, as aulas no Flávia Dutra. E as tardes azuis, nunca mais vi tardes tão bonitas quanto aquelas, os urubus planando entre as nuvens brancas. Mas o que me marcou mesmo foi a época que eu fazia parte da turma, eu era feliz e não sabia, como diz a música. E me deu uma vontade de voltar no tempo, um desgosto assim pelo encaminhamento da minha vida, como se eu tivesse perdido o fio da meada. Então levantei decidido a sair à cata de um por um dos apeeles. Queria sentar com eles, conversar, recordar os velhos tempos, tentar recuperar alguma coisa, que nem sei o que é, para poder começar tudo outra vez.

E o primeiro que tinha que achar era o Jacinto, porque ele foi extremamente importante para mim. Afinal, você deve saber, eu só saí de Cataguases para provar para você que eu era tão capaz quanto ele de ser alguém na vida. Bobagem, hoje eu sei, mas não pensava assim naquela época.

Em Cataguases, nada de notícias do Jacinto. Há anos os pais dele tinham mudado, ninguém sabia para onde. Eu só lembrava do pessoal falando que ele ia para Santos.

Aílton continuou participando da turma – engoliu o ciúme e a humilhação de ver o Jacinto de mãos dadas com a Laura, trocando segredos, afastando-se para um canto escuro da praça, um esconderijo na cachoeira. Um dia, quem sabe, Laura enxergaria seu erro, desamarraria as cordas que o asfixiavam, e ele enfim mostraria o quanto sofrera por tanto amá-la.

Mas, depois, sem tempo, convocado que fora para o Tiro-de-Guerra, apenas eventualmente freqüentava a missa. Soube, então, que o Jacinto havia partido. De uma hora para outra deixara a cidade para engajar-se, disseram, na Marinha Mercante. "Marinha Mercante?", perguntou incrédulo ao Isaías. "Mas ele... um sujeitinho mirrado... um bostinha... Como... como?" Indagou da Laura, mas ela, encantada, variava, "Ele vai viajar o mundo inteiro... O mundo inteiro, já imaginou?"

Uma noite, o sargento, um ignorantão metido a duro, que queria transformar aqueles pobres-coitados em ferozes defensores da pátria, o sargento Oliveira flagrou-o dormindo na guarda. Mansamente, recolheu o Fal, escondeu-o. Aílton despertou lívido. Procurou a arma por todos os cantos, acordou os colegas, bradou que aquilo era uma sacanagem, que devolvessem o fuzil, que ia acabar pegando uma cana por causa daquela brincadeira. Passou os restantes quatro meses sem poder arredar o pé do quartel.

Por fim, jurou fidelidade à Bandeira Nacional, recebeu cerimoniosamente o Certificado de Alistamento Militar, procurou pelo Jacinto. Foi embora mesmo, pra Santos. Tem uns meses já que anda correndo-mundo. Mandou uma carta enorme pra Laura, cinco folhas de papel-almaço, postada, sabe onde?, na Itália! A Laura comprou uma caixinha de madeira, forrou com veludo grená, pintou com tinta cor-de-rosa, pôs chave, só para guardar de lembrança. Veio outra da Grécia! Ele deve ter cruzado o Canal de Suez!

Engoliu mais meio copo de uísque, acendeu outro Hollywood, uma nuvem azul dançava no lusco-fusco do quarto fechado. Na madrugada, o silêncio, quebrado de vez em vez pelo barulho de um carro deslizando mansamente pelo asfalto.

> Eu, que estava disposto a gastar todo o fundo-de-garantia para satisfazer pelo menos esse capricho meu, fui para Santos e nem precisei procurar muito. A sorte estava do meu lado. Ou o azar? Encontrei ele, Laura, depois desses anos todos. E, para você não pensar que estou mentindo, mando o endereço: Rua General Carneiro, 112, na zona do porto.

Aílton despendeu toda a manhã a observar no cais os imensos navios, o entra-sai de contêineres, gente de todo lado, louros altos, negros retintos, orientais miúdos, prostitutas, estivadores. Uma bobagem sem tamanho, uma insensatez tentar descobrir o paradeiro do Jacinto sem sequer uma pista, nunca o acharia. Desanimado, voltou para o hotelzinho ordinário, comeu um prato-feito, enfurnou-se no quarto, tomou um banho, ligou a televisão, dormiu.

Na manhã seguinte, perambulou ao sol intermináveis ruas ausentes de árvores, antigos sobrados desfigurados em imundos botequins, enfumaçadas salas de sinuca, duvidosos restaurantes, suspeitos quartos-de-aluguel, esbarrando nas calçadas humildes viralatas hesitantes, tristes mulheres empetecadas no aguardo de fregueses estranhos e apressados. Horas caminhou ao léu, distraído, até repentina desmoronar em rajadas uma chuva-de-verão. Correu, desajeitado, enfiando-se por uma portinhola de madeira carcomida. Divisou na escuridão o balcão estendido de-comprido acompanhando uma prateleira ensebada, dezenas de garrafas desalinhadas, uma flâmula do Santos Futebol Clube, uma foto do Pelé fazendo uma embaixada, um nicho com a imagem de Nossa Senhora Aparecida. Encostadas à parede, três, quatro mesinhas. Conformado, sentou-se, pediu uma cerveja, uma porção de tiragosto.

O homem magro, calvo, débil bigode, olhos ariscos entocados por detrás dos óculos, pegou uma garrafa na geladeira, destampou-a, colocou-a sobre o balcão, contornou-o arrastando pés desconsolados, pano-de-prato no ombro, depositou-a na mesinha, encheu o copo, afastou-se, alheado. Voltou, pratinho de torresmo frio na mão, "Alguma coisa mais?"

Aílton, percorreu-lhe um calafrio. Aquela voz, aquele jeito... Emborcou um copo de cerveja, acendeu um cigarro. Seria possível? Não, não... Mirou-o de soslaio. O outro, molhando a ponta dos dedos no lábio, repassava desconfiado a féria do dia anterior, junto à caixa-registradora. Cabelos raleados, lente mais grossa, bigode... Não, não... O que faria ali, dono de botequim? Não... Mas... e se... por algum motivo... um acidente... um revés qualquer... um desgosto... Perturbado, mastigou um torresmo, o cigarro consumindo-se no cinzeiro.

— Que pé-dágua, heim!, disse, puxando assunto.

— É, respondeu, inamistoso, voz abafada pela tormenta.

— Aqui costuma chover sempre assim?

Meneou a cabeça, contorno irreal garatujado no fundo do cômodo.

— Na minha cidade, nessa altura do ano, costumava dar cada enchente!, estumou a frase, vigiou-a.

As mãos do homem suspenderam involuntárias a contagem das notas. Agitadas, recordaram outros tempos... um lugar distante... um rio sossegado mas besteiro, que de-uma-hora-para-outra virava impaciente, obstinado, xucro...

— Que mal lhe pergunte, o senhor de onde é?

— De Minas, respondeu, ansioso.

— Ah, vem de Minas?

— É... Cataguases...
— Cataguases?!
— Conhece?
— Nasci lá...
Aílton então levantou-se, exultante, rumo ao balcão.
— Jacinto?
O outro, ainda assustado, aproximou os olhos míopes.
— Pera lá! Aílto? Aílto!
— Jacinto!
E apertaram-se as mãos, entusiásticos.
— Não acredito! Rapaz... Como é que você anda? Nossa... agora, prestando atenção... claro... Aílto...
— Vamos comemorar!, disse Aílton, pegando a garrafa de cerveja.
— Não posso beber... problema de gota...
— Ah, hoje é uma ocasião especial...
Encheu os copos, brindaram.
— Caramba, Aílton, você não mudou nada...
— Ah, engordei um pouquinho... muito chope...
— Nada... Mas me conta, como é que você me achou aqui?
— Por acaso...
— E como é que você me reconheceu?!
— Sou bom fisionomista. E também... você não mudou tanto assim...
— Ah, deixa disso... Estou ficando careca, enxergando cada vez menos...
Aílton acendeu um Hollywood.
— Cara, não acredito... Você está morando por aqui?
— Não... estou no Rio muitos anos já...
— No Rio?
— É...
— E está aqui a passeio?
— Mais ou menos...
— O quê que você faz lá?

— Trabalho num banco...
— Banco do Brasil?
— Não...
Jacinto abriu outra garrafa, encheu novamente os copos.
— Você... você ainda lembra da turma?
— Da turma?
— É, a turma da APL... da igreja... do padre Heraldo...
— Ah, a turma...
Afoita, a enxurrada transbordava para além do bueiro entupido.
— Você mantém contato com eles?
— Não... Sabe como é, cada um pra um lado... Mas, e você, largou a Marinha?
— A Marinha?
— É... As viagens...
— Viagens?
— Cara, nós morríamos de inveja de você... Enquanto você dava a volta ao mundo, conhecia outros lugares, outros tipos de gente, de cultura, nós enfiados naquele buraco...
Estuporado, Jacinto amparou-se no balcão.
— A Laura, então... Dizem que ela ainda esperou um tempão que você reaparecesse por lá...
— A Laura?
— É... depois acabou desistindo... foi cuidar da vida... casou, mudou...
Aílton acendeu outro cigarro.
— Desculpa eu falar, Jacinto, mas nunca entendi porquê que você sumiu de lá, assim, sem mais nem menos...
— Por quê?
— É...
— Porque... Porque aquilo tudo, Aílto, era...
A chuva amainara.
— Era... tudo... invenção...
— O quê?

— Essa história toda..
— Que história?
— Esse negócio de Marinha... viagens...
— Como assim?
— Inventei... Pra impressionar a Laura... vocês... Queria parecer importante... Não medi as conseqüências... Pra dizer a verdade, Aílto, nunca nem pus os pés num navio...
— Como nunca pôs os pés num navio?
— Nunca...
— Mas? E... e as cartas?
— Cartas?
— É, as cartas que você mandou da Itália, da Grécia...
— Cartas?
Jacinto vasculhou a memória, *Cartas... cartas...*
— Ah!, as cartas?! Elas... chegaram?!
— Claro que chegaram! Foi um pandemônio! A Laura exibia pra todo mundo... Acho que Cataguases inteira comentou...
— Chegaram... Que coisa... Eu... Eu escrevi cinco cartas, entreguei pra um sujeito que conheci aqui no porto, um marinheiro... Pedi pra ele postar onde passasse... Uma brincadeira... Nunca ia imaginar... uma molecagem...
— Molecagem...
— Eu era um bobo... queria... aparecer... me destacar... depois fiquei com medo de voltar e vocês descobrirem que era tudo mentira... que eu não tinha conseguido engajar na Marinha nada... uma vergonha... fui adiando, adiando... os anos passaram... nunca pensei... que coisa...
Molecagem...
— Molecagem?
— É... nunca pensei...
Então, Aílton inspirou sofregamente, cerrou o punho da mão direita e, com toda a sua força, desfechou um murro no rosto do Jacinto. O corpo ressequido tombou por-detrás do balcão, o nariz sangrando.

Aílton chegou à porta, havia estiado. Escolheu aleatoriamente uma direção e saiu caminhando devagar, driblando as poças dágua que minavam o asfalto.

Os olhos míopes do Jacinto apalpavam o chão à procura dos óculos estilhaçados.

Aílton levantou-se, abriu a porta. Cambaleando, desceu as escadas, escorando-se no corrimão. No saguão vazio do hotel, o recepcionista dormia, cabeça ligeiramente voltada para a esquerda, entre os braços espreguiçados sobre o pequeno balcão de madeira. Chacoalhou o rapaz, que despertou assustado, olhos vermelhos, esbugalhados. "Ô parceiro, preciso fazer uma ligação. É urgente", a voz engrolada. "Não dá não... O gerente... ele passa o cadeado no telefone. Não tenho a chave..." "Merda! Então abre a porta pra mim que eu vou procurar um orelhão." O rapaz, incrédulo. "Orelhão? A essa hora? Ficou doido? Está cheio de marginal aí fora..." Ailton mirou a porta de vidro fumê, uma grossa trava de madeira atravessava-a longitudinalmente. "Merda!"

Subiu as escadas, entrou no quarto, engoliu mais um copo de uísque, acendeu outro cigarro.

Arrancou as páginas manuscritas do bloco de cartas, releu-as, amassou-as, jogou-as no cesto de lixo.

Escancarou a janela, tirou do bolso a folha onde a Mirtes rabiscara o endereço e o número do telefone da Laura, picou-a, esparramou os pedacinhos pela avenida vazia.

Zezé & Dinim
(sombras do triunfo de ontem)

"No princípio criou Deus os céus e a terra. E a terra era sem forma e vazia; e havia trevas sobre a face do abismo; e o Espírito de Deus se movia sobre a face das águas. E disse Deus: Haja luz. E houve luz. E viu Deus que era boa a luz; e fez Deus separação entre a luz e as trevas. E Deus chamou à luz Dia; e às trevas chamou Noite. E foi a tarde e a manhã do dia primeiro."

Gênesis, 1:1-5

Ááá... hã! — Ááá... hã! — Ááá... hã! — Ááá... hã! — Ááá... hã! — Ááá... hã! — Ááá... hã!
Este, o 1960: fevereiro, carnaval nos pulmões de um recém-parido.

Fralda, talco grudado na barriga acervejada, mamadeira pendendo barbante imundo do pescoço, descalço, Matias sibilou bravatas recendendo a álcool no nariz de médicos, enfermeiros, pais ansiosos e o soldado de plantão, e nem assim ultrapassou o limiar da porta-corrediça da maternidade, pouco mais ou menos meia-noite. Escorraçado, recostou-se no vértice do pilar em vê, que, embrulhado em pastilhas brancas, escorava a capela do hospital. Seus olhos cataram, na treva, a pedreira esburacada à dinamite e as casas remediadas da Rua do Pomba, seus ouvidos rememoraram o chuá-chuá das águas tintas do rio, e a ma-Murcha, a cinza do cigarro despencou no ladrilho brilhoso, e Afonso, abaixando-se para recolhê-la, cuspe na ponta do indicador, ouviu a atendente, mirrado sorriso negro, **É menino! Um meninão!**, só ven, atropelada pelo bafafá do lá-de-fora, o soldado de plantão altercado com um pespeguento sujeito alcoolizado, ridiculamente desvestido em sua indumentária de bebê. Médicos e acompanhantes e enfermeiros exaltados expulsaram o energúmeno, que, cambaleante em seus ameaços, exilou-se para debaixo das escuridões dos ficus do estacionamento. Pernas esverdeadas, indagou, num cochicho, quando reconheceria o

drugada anestesiou-o com seu silêncio. Ao ralho do padre, **Onde já se viu?! Uma vergonha! Vamos andando! Vamos andando!**, despertou, látegos na cabeça, arrependido do estômago, desentendido, o que fazia ali assim, espojado? Beira-muro, no sobrepasso lembranças cadentes: tarde anterior engolia umas-e-outras no botequim do Zé Pinto em roda de uma mesa-de-sinuca, parceiro do Presidente, adversariando o Zunga e o Zé Bundinha, dona Zulmira adentrou encabulada, vista relevando a cerâmica vermelha manchada de poças, bramas e pingas, escarros e pegadas de mijo, salpicada de bitucas e paus-de-fósforo, assoprada de cinzas e pó-de-giz e na morna sombra sufocada de fumaça, ciciou, **Matias, ô Matias, desce lá que a Nazaré está passando mal...** Entretido, se matasse a bola sete riscava mais um traço no quadro-negro, finda mais uma partida, a última, *por que não?*, na ponta, falou, **Já vou, dona Zulmira, obrigado, pode ir indo que,** mas o desgra-
rebento. Empalhada no uniforme branco, a mulher retomou a cartilha, **Um meninão!, só vendo!, cinqüenta centímetros, três quilos e oitocentos, um sansão! Melhor amanhã, agora a mamãe vai descansar, coitada, tanto esforço,** e esfumou, labiríntica, enquanto Afonso escanteava, cá e lá, o coração asselvajado, peito militar de orgulho, cachoeira despencando idéias, alegria besta, há muito acoitada, arrevesado no trabalho, contramestre na Manufatora, anos emboscando a aviação de um filho, que, altivo, acreditava, não padeceria como ele, encruzilhado, desgostoso, pé-rapado. Não, nos depois já deslumbrava as melhorias, bunda arriada na beirinha do banco de ripas de madeira envernizada, na sala-de-espera da Casa de Saúde, olhos-de-não-ver magnetizados na branca enfermeira azul que, indicador à boca, solicitava silêncio aos passantes. Devagar, ergueu-se, enviesando-se pelo estacionamento — um sopro morno acariciou o rosto sujo de barba — em di-

mado do taco espirrou, empurrando a "negra" para a boca-da-caçapa, cuja o Zunga, de manha, arrebatou de trivela, humilhando. E, *bosta!*, outra mão, que a disputa é para tresantonte, nem nhenhenhém, nem qües-qüesqüés, **Mais uma branca e outra cerveja, seu Zé,** *o negócio não é mole não.* E, jogo de otários, escorregaram cores no tapete verde e cachaças goela abaixo, até que o Capeta, o próprio, surgiu, **E aí?, o povinho não se anima não?**, e os quatro, menos o Zé Bundinha, compromissado e temeroso, encerraram a questão e, doidos por um bloco-do-sujo, baixaram na Ilha, de onde, pós vermutes, fernetes, sãorafaéis, coquinhos, camparis, martínis-doce, underbergues, catuaba-jurubebas, maravilhas-de-são-roque, rabos-degalo e uísques nacionais, ovos coloridos e de-codorna, salames e queijos-prato, jilós cozidos e pés-de-galinha, azeitonas e coxinhas, emergiram na Avenida Astolfo Dutra, paralelepípedos e reco-recos. Duas vezes Matias rodopiou, pior-reção à casa, ainda-noite, um carrossel em-dentro da cabeça, DiOnÍsIo, dIoNíSiO, DiOnÍsIo, *Vai chamar Dionísio, Iracema, caso menino, Dionísio!, e, se menina,* planeavam, mãos suspirosas, o sofá ajeitando-se, molas estragadas, vergado de responsabilidades. O apito das cinco-e-meia sacudiu seus ombros insones, e Afonso desafastou a cadeira, abandonando na mesa migalhas de pão-dormido, uma faca afundada no Claybon, o ebulidor largado, uma lata de gordura-de-coco maculada com açúcar-cristal e pó-decafé, o coador, cadafalso de cujo alto ainda gotejava, um copo-americano levemente manchado de leite, e formigas e formigas, e mosquitos e mosquitos. Dionísio! Dionísio, porque nome vistoso, vitorioso, viril. Em-antes, a patroa não abria mão, Antônio Correia da Silva Neto, bateu pé, burro-empacado, Pronto, não se fala mais nisso. Mas, imagina, não ter Novais! Dionísio da Silva Novais, heim? Diacho! Raio de mulher raçuda, sô! Discutiram tanto...

ra, desafastando engraçadinhos que, !ôôôôôôôô!, nas frinchas do mal-ajambrado fraldão improvisado do lençol branco-encardido exploraram seu rabo com o indicador, !êêêêêê!, *quê que isso?, porra!*, **Merda!, quê que isso?, caralho!**, estatelado no chão, cotovelos e joelhos esfolados. Zonzo, amparado a um bunda-e-peito recheado de panos, fronha embalsamando a cabeça, esbarrou, **Zé Preguiça!, Zé Preguiça, caramba!, meu irmão!; Matias, pára!, pára, Matias!, ouve aqui ó, presta atenção, Matias, porra!**, *Matias... nasceu... é menino... a Nazaré quer*, sim!, sim!, sentou no meio-fio, abobado, *macho, meu deus!, é macho!, é macho!*, rindo, rangidos da suspensão da charrete do leiteiro, Ê, Protásio, chegou o herdeiro!, quis gritar, como pensou em cumprimentar conhecidos e desconhecidos, bom dia!, bom dia!, nasceu meu filho!, nasceu meu filho!, mas a cabeça!, graxa na boca, pernas bambolê, silenciaramno, tiriricas brotam no vão

Noites em que buscava a parede, amuada, lençol tremendo baixinho, ele pensava falar, Está bem, está bem, mas, desaforo!, pulava da cama-de-casal, ia fumar na sala, a madrugada fungando seu cangote, as estrelas, as nuvens, a lua, o canto de um galo a desoras, e dormitava, bocarra, e a manhã despertava-o com seus pássaros, vozes, ruídos. Mas, Iracema, branca-embandeirada, propusera: Antônio Dionísio. E, encaminhando-se para a fábrica, cruzam as solas gastas bicicletas masculinas e femininas, cinzas da quarta-feira, quem iria batizar o pagãozinho?, quem?, a mania da mulher pela parentalha, A madrinha vai ser a, Sandrinha, uma menina!, dez anos!, onde já se viu!, não!, reagiria, entrincheirado, um alguém, o seu Décio, da Tesouraria, por exemplo, que até telefone, ou o doutor Romualdo, médico, vereador, ou, por que não?, o professor Manuel Prata, dos mais justos, bom, poderoso, dono e senhor de fábricas e empregos,

entre os paralelepípedos, observou. Pálido, o sol espreguiça-se, espantando a passarinhama, que, acotovelada nas árvores da chácara, rebenta os peitos de alegria.

colégios e vagas, ruas e loteamentos, presente e futuro... Haveria birra, mas, para a cunhadinha a crisma, que tão importante quanto, sim, a crisma!, bateu o cartão-de-ponto, o cheiro de algodão em seus pulmões.

0 – Prolegômenos

Mal se dissiparam as sombras, azulão, os olhos do menino não mais tatearam o peito murcho da mãe, de novo emprenhada. De perrenguice em perrenguice — lancinantes dores de ouvido, cólicas terríveis, vômitos, diarréias — engatinhou sobre retalhos arlequinais espalhados pelo úmido chão caracachento, emdentro do mínimo cercado improvisado, fedor de bolacha-maria molhada e fralda empapuçada de xixi, num porão do Beco do Zé Pinto, de cujas paredes frias minava água. Dali, berrava desesperado, bracinhos implorando colo, nariz sempre estilando, violeta-genciana ilustrando machucados que nunca se fe-

Mimado, pouco o berço esquentava, empoleirado nas tias em idade-de-casar, que disputavam-lhe à mãe como se em quermesse, entre ais e uis, tchuco-tchuco-tchucos, zu-zu-zu-zus e ne-ne-ne-nês, até mesmo à madrinha aborrecendo, a Sandrinha, coitada, a caçula, e mais principalmente infelicitando o pai, o pobre, *Estragam o menino, tanto pompom...*, conformava-se, sua opinião e nada, mourejava, e isso valia, dia dez, conferido o envelope-pardo, distribuía pagamentos, as contas da farmácia — bobiças para passar na cara, pomada-minâncora, creme-rugol, água-de-rosas, e outras para a bunda do menino, óleo-de-

chavam, adivinhando barulhos — bate-roupa no tanque — e cores — raios de sol que, rompendo o emaranhado de folhas e galhos do abacateiro, nas teias-de-aranha arcoirisavam-se. O pai, pouco o via, mas, no sono, engasgava-se às vezes com o álcool de seu bafo, quando, agarrando-o, entrecortava tartamudeios com gargalhadas, assustando-o, até que mãos enrugadas de água-sanitária recolhiam-no e embalavam-no. E irmãozinhos desembarcavam em pencas, ano pós ano, umbigos curados, cordões enterrados aos pés da cerca de tábuas que separava a parede descascada, que nem tinta-d'água aceitava, das escadas por onde subiam e desciam histórias, e por onde sonhava um dia fugir das mãos intolerantes da mãe, que o atingiam abertas nas nádegas por qualquer nada, e dos braços verdugos do pai, que com a tomada do ferro-de-passar-roupa ou o cabo-de-vassoura ou o corrião ou coisa-qualquer à mão, enfiava o couro, escalavrando rosto costas pernas peito ca-amêndoa, calça-plástica, remédio mesmo só os calmantes, *um estado-de-nervo!* — e do leiteiro, a caderneta do armazém e a do botequim, o caderninho da revendedora da Avon e a prestação das Casas Philippe, o aluguel e a pena-d'água, e miudezas e bobajadas e frufrus, um tanto de coisas que esganavam o mês inda inconcluso, impingindo-o a aligeirar-se pelas bordas do calendário, receio de terçar com um cobrador, pesadelo que o trancafiava quatro-paredes. E, de paz, renunciava aos embates domésticos, não suportaria magoar a esposa, juízo frágil, compleição caprichosa, boneca-de-biscuí. Aturava-a, como às bocas e trejeitos das irmãs, cômodos atravancados, uma implicância!, não conseguia aproximar-se do menino, **Os micróbios!**, bailavam, histéricas, enxotando-o para os cantos, nem rádio, nem espirro, **Vai acordar o Dinim!** Dinim... o seu Dionísio! Antônio Dionísio na certidão de nascimento, concessão ao sogro, que Deus o tenha!, seqüestrado por um

beça, perseguindo-o, bêbado, arrancando-o de sob a mãe, que, barriguda, empurrava-o, impaciente, para as garras daquele homem que, jurava, um dia

insulto cerebral. Dinim... Dinim... fantasia picada em confetes.

1. O arauto junto aos Portais do Amanhecer
(agosto, 1967)

— José Teixeira Pedro!
— Presente!
Pelo buraco da vidraça estilhaçada, o casal de coleirinhos cisca o parapeito, *Tivesse uma atiradeira!* A cantilena da Dona Aurora, **Maria Aparecida Albino! Presen**, gruda na modorra da tarde. Aflito, Prático empurra os outros dois porquinhos para em-dentro da casa de tijolos. O dia recolhe as nuvens. Lavados os pés e a cara, o meio-dia amarelo refletindo na bacia de estanho, enfiou-se no uniforme, calção azul camisa branca bolso bordado G.E.F.D., pés estragados dançando num chinelo largo, **Ficou pequeno, vê se serve pra um dos.** *Besta!*, esse, com quem divide a carteira, *Besta!*, Antônio Dionísio, ***Antônio Dioní, Presen***, *Veadinho!... encher ele de cacete...*

Estrangeiro tudo: escola, bairro, professora, colegas, tudo. Ainda esturdia ralava palmas da mão e planta dos pés escalando o barranco a-pique, em-por-detrás da casa, no Matadouro, migalhas de malacacheta piscando na terra amarelo-roxa, **Vai cair daí, Dinim!**, a mãe tocaiando esbugalhada na greta da janela, cerrada, sempre, terror pegar doença, pânico ser atropelada, pavor o céu despencar hora por outra, entocada no poente do quarto, admitia ver ninguém, achava graça da doideira, Mal de família, conformado, o pai sussurrava a solidão das raras visitas. Vez havia, mostrando-se impertinente, necessitava interná-la, sanatório, Juiz de Fora, tempos longínqua, arremetido, poleiro-a-poleiro, à vizinhança e ao compadrio, e até à parentalha, na ausência comprida, Eugenópolis. De volta, abobada a fala, um inverno inteiro açoitava a magreza de seus braços, a depressão de suas varizes. Onde recostava, desabavam-lhe as pálpebras. Mas, não fora assim, a mãe?, recordações sumariadas numa cestinha-de-costura? E a irmã?, lábios e lilases indistintos na única cor, soda cáustica alastrando incêndios garganta abaixo? **Vai cair daí**

Toca o sino, recreio, acotovelam-se famintos azuis e brancos meninos e meninas junto ao guichê da cantina, um a um recebem a caneca de mingau-de-fubá aguado, despacham-se para o pátio, algaravios, sombras das duas e meia. Os olhos-piche do Zezé caçam o colega, identificam-no, a um canto, amuado, merendeira no colo, *O safado!, Deixa estar!* Espanta a poeira da correria, ajeita-se no murundu de pedras-britadas, **Quê que tem aí?**, interroga, autoritário. Temerosas, as mãos peneiram os em-dentro do plástico encardido, extraem uma banana preteada, dois biscoitos de maisena grudados com manteiga rançosa. **Vam trocar!**, Zezé debocha. O outro encara-o, incompreendendo, **Anda, dá aqui!** Agarra a banana, descasca-a apressadamente, engole-a quase sem mastigar. Pega os biscoitos, empurra-os boca adentro, côdeas grudadas nos lábios, nariz, rosto. O ódio de Dinim apruma-se, a quina dura da merendeira talha a testa de Zezé, que, num ai, se esparrama pelo chão.

Uma vergon, a primeira das três badaladas do relógio-de-pêndulo espanta os mosquitos que cagavam na borda dos livros grossos, capas vermelhas, ornamentos das estantes, **coisa de**, Zezé, engulhos, **com outro**, tremedeira, Dinim, **as mãos!**, a diretora, Dona Darcy, empertigou-se, contornando a maciça mesa de imbuia, **As mãos!**, repetiu, impaciente, admoestativa, autoritária. Contrafeito, Dinim estendeu a sua. Enjoado, lendo formigas no ladrilho, Zezé ofereceu dedos esfolados, **Muito bem! Podem ir**, e, contorcendo-se, segurando a barriga, abai-

xou-se, o vômito escorrendo pelo nariz, esvaindo pela boca, **Ai, meu deus! Ai, esse menino! Só problema! Só pro-ble-ma!**
    Mangas da camisa amarradas ao pescoço, a capa do Cavaleiro Negro ondeia matadentro, escapulindo de flechas comanches e apaches, uh-uh-uh-uh-uh-uh-uh, selvagem perseguição, **Dinim! Ô Dinim!** *Onde esse raio se meteu, meu deus?* **Dinim! Ô Dinim!** Deitado, balançam galhos, *Vento?*, macacos-prego esticam-se contra o azul, uma preguiça calcula espaços, Pai, lá em cima tem lobo?! cachorro-do-mato!? jaguatirica?! Certa feita, rastros de tatu Tatu-galinha!, outra, lagarto Largato!, cobra um metro e meio Jararaca! enrodilhada no bote Urutu, Urutu-cruzeiro!, escorpiões, tatus, nenhum guará, índio algum, o pai perdeu o emprego de contramestre na Manufatora tantas faltas, a mãe perdeu o juízo tanta falta **tudo: empregocasaescolacolegasmãefamíliasossego: tudo Dinim!**
    Vergões de vara-de-marmelo nas costas, a mãe berrava, **Seu pai já não te disse?, demônio! Seu pai já não te falou?, peste!, que se você não estudar te arrebenta de bater? Num falou? Heim? Raça-ruim!** Na parede úmida o dedo de Zezé fabrica cavalos alados fortalezas inexpugnáveis reinos inacessíveis. Madrugada, suspira feminino o quarto: sob ele, no treliche, a irmã que encharca o capim do colchão, a que tosse; lado oposto, a que dói o ouvido, a que nascem os dentes; outro quarto, no berço, a que ainda mama; na cama-de-casal, a que geme. Passos um rádio, a desoras corredeiras ploc! madura um abacate um pernilongo o dever de casa

2. Uma caçarola de segredos
(junho, 1968)

    À cadeira, dona Darcy equilibrou com desvelo o retrato do general Costa e Silva, verdamarela faixa, alunos enfileirados, Hora Cívica, **Ouviram do Ipiranga às margens pláááácidas,** esganiçadas vozes, acumuladas fomes, meio-dia cozinhando cabeças, duas vezes Zezé desmaiara, outro tempo, firma-se então, berros, **José Teixeira Pedro!**, puxões de orelha, **José Teixeira Pedro!**, espancamentos, **Fedamãe!, estuda não, é? Vai ver só!**, esculachos, **Tão pobrim, nem comida em casa, tadim!** Ansiosa, a mão direita ouve o coração. À frente, Dinim, fortudim, saliente, **De um poveróico brado retumban-tí!**, peida, ovoquente, amizade-de-visgo, pelada, papagaio, bilosca, pissepisse, loca, fieira de lambari, nadação no Rio Pomba, vidro quebrado, matinê, álbum de figurinha, braço quebrado, dente idem e um segredo: σ νχ ϖσ δξαρ ε σρρ εαμ οουιοσ

A noite preta chicoteia os nervos e Zezé seu desincômodo arrasta passeio enfora Vila Teresa. Acoitado, acua moleques extraviados, um trêmulo Dinim a isca: cerca a passagem, implica, desafia, provoca, e eis Zezé das sombras que exsurge escoriando o desavisado a pauladas, e fogem ambos, internam-se esporeando troncos da chácara, resfolegantes. Aonde a luz do poste finda em farfalhantes folhas, caga, aguardando o seronista da fábrica, ensonado, esmagar o toloco e bravo escoicear o breu, xingatório indignado, fedorento, entre-risos aparvalhados. À mão, pedras atiram-se contra raros carros que passejam, empoleirado nas grimpas do jatobá, lânguidos galhos espichados por sobre a rua. Ratos e gatos mata-os e, amarrados em barbante, arrasta-os assustando moças, desejoso de no medo escapulir uma cor em-sob o vestido, a saia. E Dinim, indiscutível, faz seus os sobrepassos de Zezé, a astúcia, a audácia, o atrevimento, o arroubo. Poderiam imolar-se, preciso, um pelo outro.

No porão, tarde, aguarda uma mãe, coração demente, nem dois degraus de fôlego, azuis olheiras, cabelos envassourados, a negra lã esburacada da blusa vicentina recobre as alças frias da camisola, à porta encosta, à cama deita, *onde o peste? onde o raio?*, à porta encosta, *onde o descoraçãozado?*, ar avinagrado, **Quer me matar de desgosto? É isso? Desgramado!**, berra, brame o chinelo, *quede força meu deus?*, lábios descoloridos, *que será deste?*, cachorro indomado, cínico, deboche pregado nos olhos vadios, desdenha-a, e arfando lamenta o dia em que nasceu, **Que mal eu fiz, meu deus?, que mal eu fiz?**, na escuridão o corpinho ajeita os retalhos da colcha, exausto cerra a jornada, amanhã, irritado, cabeça latejando, o pai, após o boldo, despertará corrião em punho, estapeando couros, puxando orelhas, chutando bundas. Feliz do Dinim...

Feliz do Dinim, mãe hospiciada, queimadeira de dinheiro, pai negligente, sem empregos, biscateando bobiças cá e lá para o de-comer, sem pulso para ordenar, ouvindo a chegança noturna do filho, passos cobiçando tampas de panelas, plac, plac, plac, vazias, fogo que não arde, silêncio de ruídos irradiados em distantes aparelhos, sem ânimo para se descobrir e abordar *São horas, menino?* e ralhar para empós caçoar *Levado!* e acender a luz e o cigarro e sentar no tamborete, ele no colo, *Vam fazer um mexido?*, e regalar os olhos tão lindo, meu rapazote!, e crescido, e ladino, e os dentes cariados arrancam nacos de um pão-de-ovos dormido e deitam e rolam insones, e o pai, parede-e-meia, afunda a calva no trabesseiro. Feliz do Zezé...

3. Mais
(julho, 1969)

Cruzados, os braços arrupiados cingem a friagem, e as magras canelas ruças sucumbem a agressividade do saibro que, expelido de entre as fendas dos paralelepípedos, enredam-se na irregularidade dos passeios. A sola dos pés nus caminha magoada carreando nos ombros o caniço e na mão de imundas unhas escangalhadas a latinha enfer- O lápis preto número dois examina nariz ouvido boca, latejantes dedos amarfanhados num sapato desmemoriado, Dinim inquire dos picumãs, das aranhinhas descendentes, quais os estados e territórios e suas capitais? tique-taque-tique-taque-tique-taque **Então?**, a peituda Ana Lúcia, dentes triturando unhas, **Pronto?**, não, não, o

rujada de minhocas. A menina-dos-olhos vaga pastoreando o cinzento de nuvens roliças, a vermelhidão de telhados empombados, a verdidez de fios empassarinhados. Os fundilhos vão se refestelar na touceira seca da beira do Rio Pomba, o barulho macio das águas sem peixes em seus ouvidos, na margem de lá plantada a Rodoviária, o quintal das casas, a cidade vista de costas, o fedor de merda e de gordura, mais à frente o Ribeirão Meia-Pataca vomita o veneno da fábrica de papel, a pedreira explode em dinamites: só que não agora. Agora, sua atenção emaranha-se na do grupinho assenhorado da janela da casa da dona Iolanda, bundas dependuradas ralando joelhos no chapisco da parede, hipnotizadas. Zezé desce o chorte de um-um, que desgarra e se estende no cimento, desengonçado, e se ergue enfezado, mas avista acima Zezé, nariz tenso, **Quê que foi?**, e o menino irrompe na esquina, esfregando as idéias. Suspenso, vê, na tela chuviscosa, trêmulas linhas que inventar para descompor o puxão de orelhas em bote?, metida!, só por causa do sutiã... de estudar no Colégio das Irmãs... ganhara bolsa... a rua despeitava... entretanto, autoridade, professora particular, sua torquês arroxeava pernas e braços, **Pronto?** (o pai impusera, curso de admissão, Dinim no Colégio Cataguases, *Maginou?, Alguém na vida!*, regalava-se, outro homem, Iracema madurecendo visões em uma triste cela em um sanatório juizforano, pele azul exalando Haldol, o branco jaleco-psiquiatra, **Sua senhora imergiu na escuridão... Dificilmente voltará à tona**, cuidou certa manhã que cabelos jazem no trabesseiro e que a. Feia é a nossa humílima certeza. Anunciou, renuncio ao apodrecimento! e desfez cabelo, barba, rancores, suplicou emprego porta em porta de fábrica, remoçado espetou promessas já sonhando com mudança, menos tornar ao Matadouro, reduto dos Silva Novais amaldiçoadores, fosse dele a culpa pela loucice da mulher e não do san-

verticais descortinar um foguete que desova, como uma aranha, um módulo que lentamente descai na superfície do Mar da Tranqüilidade. Dia vinte. Poucos faltam para as aulas. Zezé salta aos baixios do rio sonhando anzóis trespassados de enormes bagres, traíras, piabas, sabendo-os, ao cabo, minúsculos lambaris, carás, cascudos, ou, pior, apenas a pele lancetada de picadas de borrachudos, de formigas-cabeçudas, de lavapés, de pernilongos, os entrededos enferrujados de frieiras, uma constipação, uma perrenguez... gue-ralo da família, forçaram a requisição do menino, macularam-no calúnias atrozes e difamações emporcalhadeiras e) **Pronto?** Dinim mira o retrato oval do seu Marciano, Ana Lúcia arfando sádica, **Pronto?**, cadela!, viu ela certa vez queimando no quintal, biquíni verde espreguiçando-se num lençol estendido no cimento, garrafa de Coca-Cola para bronzear, acha que até chegou a ver uns pêlos incerto, **Você viu?**, *Dona Marta!*, **O quê, mãe? O astronauta... vai pousar na lua...** Pegou cadernos e livros, disparou: o fim do mundo!

4. Uma goma
(outubro, 1969)

O feito se alastrou: um morto-de-morte-matada no galpão do hospital!

O rastilho chamuscou Zezé que, de cócoras, matava biloscas (senhor de uma americana e um cocão imperturbáveis). Findaram o jogo e atabalhoados surgiram das escadas do Beco, "... por último é mulher-do-padre!"

As letras e os números dos livros do Dinim pululavam num trapézio, pálpebras irreconhecendo páginas de moral e cívica e matemática, português e ciências, dona Marta e Ana Lúcia, jogo-de-botão e cascudos.

O novo hospital se ergueria em treze andares, *Imagina!* contestavam uns, ou nove, *Está bem!*, batiam-pé outros, ou sequer sairia dos alicerces, desiludiam outros mais. *"Obra de referência para toda a Zona da Mata"*, berrava o prefeito na Rádio Cataguases, *"Cumbersa!"*, irritavam-se os adversários, jungidos pelo Geraldo da Farmácia. Um pedaço do antigo prédio já tornara em escombros, soprados pelos agostos de ventos. Sobre, um puxado de madeira, provisoriamente almoxarifado e necrotério.

Dois rondas, cacete na mão, rosnavam autoridade de cima do barranco escorrido de terra amarela, tijolos quebrados, trechos de colunas cimento-e-pedra. Do povaréu de moleques, desocupados, curiosos, fantasistas e até gente-bem inclinada às janelas próximas, separava-os uma cerca de arame-farpado mal esticada. Um carrinho de picolé tangera-o para perto um oportunista.

A pequena aglomeração especulava. Dos retalhos, Zezé compôs uma colcha: o-que-ia-morrer vinha vindo ligeiro pelo atalho mato-alto quando deparou um estranho na encruzilhada debaixo de uma árvore e esse andava com sua mulher e ele desimaginava e zoou a foice dezoito vezes e deixou jogado lá empapando o chão seco mais tarde assustando um companheiro perna-pra-que-te-quero avisou a polícia que caça o assassino. Precisava de ver o defunto. Rodeou a construção, enxadas virando concreto, baldes em ombros calosos, martelos castigando pregos, eias!, êhs! Desavisando transpôs a obra, driblando vazios caldeirões de comida, improvisados fogareiros, implicantes mestres. Vazou no por-detrás do galpão, isento de vigília e, prestes a rebentar o coração, pernas insustentáveis, ganhou a pequena elevação, esgueirou-se rente às tábuas bichadas da parede e enviesou a vista por uma greta: a poucos metros, um enfermeiro (?) umedecia a gaze numa pequena bacia metálica e pacientemente limpava um a um os inúmeros talhos que desenhavam o mulato estendido sobre um catre, pescoço pendente, olhos esbugalhados como os de uma galinha estrangulada com cabo-de-vassoura. Tão entretido, nem percebeu a grosa que sapecou sua orelha direita e o coice que esquentou sua bunda, arremessando longe um pé-de-chinelo sem cor tão gasto.

Noitinha, no meio-fio, Dinim contrariou, **Não é não, a dona Marta ouviu na rádia,** no que Zezé retrucou, **É sim, eu vi, pergunta pro povo.** E desfilou a história: o-que-ia-morrer vinha vindo ligeiro pelo atalho mato-alto pra flagrar o compadre que andava com sua mulher quando deparou um estranho mascarado na encruzilhada debaixo de uma árvore e esse pau-mandado zoou a foice quatrocentas vezes e deixou jogado lá empapando o chão seco; mais tarde uns que roçavam pasto praquelas barrocas viram os urubus tantos que pra descobrir a comida deles tiveram que espantar os bichos no chute e no porrete e ainda ansim uma nuvem preta fedorenta escoltou o sujeito até a delegacia.

5. Mãe de coração de átomo
(outubro, 1970)

As mãos sujas do Dinim, rei do jogo-de-botão no "campo" da casa do Gildo, cuspidas, esfregadas e enconchadas, desviraram a cara: a majestade do bafo! O soco, em-nem reconheceu. Do nariz brotou a noite. Quando reamanheceu, a cabeça erguia, o Zezé, **Melhorou?**, *Cadê as figurinhas?*, achou que perguntara, **Melhorou?, E as ☺✓∼✱ ¦ ☺✗ ✗☉✱? Quê?**

Zezé espalmou, em várias voltas envolvido por um elástico, o bolo de figurinhas, devolvendo ao Dinim a macheza, **Era um monte!**, sopesou, descobrindo sangue com as costas da mão, **Um monte!**, desequilibrado, **Está tudo aí?**, **Era só um**, Zezé desdenhou, depositando o maço no passeio. Dinim pôs-se de pé e seguiu com os olhos o ex-amigo dirigir-se ao Beco do Zé Pinto.

Em junho, justo no Grande Dia, ficaram de mal. O mundo se esgoelando em foguetes, os canarinhos volteando o Estádio Azteca numa nunca-suficientemente comemorada volta olímpica, e eles, um para cada lado, afiançando vinganças. O capitão Carlos Alberto aninhando a Jules Rimet, para sempre subjugada, *a taça do mundo é nossa / com brasileiro / não há quem possa*, e eles colecionando lágrimas biliosas. Os italianos de merda, todos eles, seu Pantaleone da banca de jornais inclusive, que enxotava a patuléia com vassoura e baldes de água, humilhados, mortificados, e eles engendrando alçapões.

Aquele domingo avolumou-se em magia. Zezé transbordou de si ao ser espertado pelo pai, não aos tapas, de-costume, mas com cafunés, raro aceno, **É hoje, meu filho!, vamos mostrar quem manda!** E afáveis escalaram os degraus do Beco, **'dia, 'dia**, sem sequer lembrarem de engolir o angu-com-leite e o café aguado: o céu oferecia-se, azulíssimo. Na Mercearia Brasil, o seu Antônio Português hospedou uma televisão nova, Colorado RQ, para a freguesia acompanhar a Copa do Mundo: gentes se esparramavam, passeio e meio-da-rua, entravando o tráfego dos cataníqueis e dos enfeitados carros que desfilavam buzinas e bandeiras. A rosa-dos-ventos irrompia em foguetes, dezenas de vezes a Festa de Nossa Senhora Aparecida, carreando pólvora para o ar da manhã. Reconciliai-vos!, parecia exigir a história.

Matias filava cachaça e cerveja, Zezé a tiracolo, comovidamente feliz. Seu Zé Pinto, botequim às moscas, fraldas da camisa sobrando das calças largas, apostava, rubramente eufórico, no bolão que o Zunga administrava. Zé Bundinha e Zé Preguiça disputavam a "negra" de uma porrinha, moela e brama, observados pelo Presidente. Amâncio tomava uma cerveja a um canto, ensimesmado. Do outro lado da rua, o Marlindo faturava **Aê o picolé Sibéria!**

Já inútil ao pai, Zezé, escorraçado por cabeludas pernas adultas, banzava intentando confiar-se às rondas dos moleques, que, às escâncaras, embebiam-se, mastigando tiragostos e fantasias feminis, palavrosos e instáveis, merrecas de ilusões queimando em guimbas de mata-ratos. Só, deparou solto o Dinim, o pai, emprego novo na Saco-Têxtil, embarafustado na casa da amásia, ex-mulher da Ilha, atenção dependurada no radinho-de-pilha, misturar com o povo o quê!, ainda não o perdoavam a loucura da Iracema, agora de-casa em Barbacena... O amigo, cabeças-de-nego nos bolsos, recusou repartir, **Depois... Depois...** Enraivecido, Zezé chutou pensamentos para o meio-fio, *Bosta, sô!*, e candeou-se para além da aglomeração, chilrear de vozes apreensivas, trombetear de foguetes histéricos *noventa milhões em ação / pra frente Brasil / salve a seleção* e, ao ciscar o monturo, folhas-secas e pontas-de-cigarro e paus-de-fósforo e tampinhas-de-garrafa, a nota amarela reluziu e flamejou e cintilou e ofereceu-se maravilhosamente aladina, pisou-a, pisoteou-a, relanceando os ângulos todos, nenhuns à vista, agachou-se, acariciou-a, e leão viajou-a para os longes da Chácara, amassagada entrededos, *Minha, só minha!*, o que fazer com aquela dinheirama? Pelas contas, um pão-de-açúcar + um guaraná-americana + duas mariolas, dava?, ou uma caixinha de buscapé + um grapete + um pão-com-salame?, ou um pente-Flamengo + um espelhinho de mulher pelada + uma ampola de Príncipe da Noite? ou... ou... ou... E se apostasse no resultado do jogo? Já se via, rico, desfilando nos ombros da puxa-saquice, o Dinim e o resto da molecada atrás do cortejo, e ele, às gargalhadas, estourando bombinhas no meio do povaréu, ha ha ha! **Zunga** (queria desforrar os desaforos), **qual a aposta? Três a um.** *Três a um?* **Um a zero, dois a zero, dois a um... Três a um, menino, e leva a bolada!**)Três a um? Três a um... A Itália tinha tropeçado no início, um a zero na Suécia e zero a zero com o Uruguai e com Israel, mas depois embalou, quatro a um no México, nas quartas-de-final, quatro a três na Alemanha, na Alemanha!, nas semifinais... Agora, pau-a-pau... Três a um...(**E então, menino? O jogo já-já começa...** *Três a um...*

O silêncio madura dezoito minutos. Uma varejeira plana sobre um deserto de respirações. Pelé, recebendo um cruzamento de Rivelino, vence a altura de Burgnich e cabeceia a bola para a rede, desconsolando o goleiro Albertosi um raio irrompe do quarador celeste alcançando justo um gato estendido em sonhos no parapeito da janela consumindo toda uma vida **Gooooooooooooooooooooooooooooooooool!** Brasil um a zero! Zezé busca Dinim, *filhoda.* Uma voz, **Calma, gente, tem muito chão ainda...**

Dezenove minutos depois, **Puta que pariu!**, Clodoaldo e Félix **Não acredito!** falham **Não estou falando?, aí ó!**, e Bonisegna empata **Intalianada filha-da-puta!** Contrariado, Zezé agradece, *Dois... faltam dois agora...*

Intervalo, Zezé incontém a ansiedade, cata beatas na imundice do chão, passeia a fumaça por retalhos de infindas discussões **Zagalo tinha que tirar o... Riva é que é um... porra nenhuma, é só... pela esquerda, um corredor... vai ser foda...** *de repente é aquela corrente...* **e a Cidinha, então? ... contra a Alemanha deu pra ver, eles não são... um comprimido à noite, você vai ver que beleza de... jogando um bolão... o Paulo César... Desgraçado!, fumando é? Desgraçado!, vai ver uma coisa!** e, assustado, enfia-se em meio à assistência, os olhos bêbados do Matias perscrutam **Alá, vai começar o segundo tempo... Chiiiiiiu! Chiiiiiiu!**

O silêncio madura vinte minutos. Uma varejeira plana sobre um deserto de respirações. Gérson arremata um petardo, a bola aloja-se no canto esquerdo de Albertosi **Gooooooooool! Brasil dois a um!** *eu te amo meu Brasil, eu te amo / meu coração é verde, amarelo, branco, azul anil* Zezé busca Dinim, *filhoda* **Brasiiiiiiiiiiiil!**

Cinco minutos mais e o Canhotinha de Ouro, num passe perfeito, eleva a pelota até onde está postado o Rei Pelé que toca, de cabeça, para Jairzinho, carinhoso e paterno, enviá-la ao fundo da rede *Puta merda! Puta merda!* **É gooooooooooool!**

É gooooooooooooooooooooooooooooooooooooooooooool!
É gooooooooooooooooooooooooooooooooooooooooooool!
Brasiiiiiiiiiiiil! **Três a um! Três a um! Três a um!** Zezé pula e grita e berra e esgoela e salta e cabriola em cambalhotas piruetas pinotes e grasna e assobia e sibila e gane e ladra e rosna e uiva e ulula e zine e zune e estribilha e galra e garre e tine e tintina e tintila e trila e trina e azurra. Busca Dinim, aproxima-se, *filhodeumaégua vai ver enfia essas cabeças-de-nego no filhodeumaégua*

Quatro minutos agora faltam, suam as mãos de Zezé, formiga o corpo, cabeças-de-nego e pão-de-açúcar e guaraná-americana e mariola e pente-Flamengo e espelhinho de mulher pelada, um time de jogo-de-botão? quem sabe? o dinheiro dando uma bicicleta uma vespa... quem sabe até mesmo um
É gooooooooooooooooooooooooooooooooooooooool! *Quê?*
É gooooooooooooooooooooooooooooooooooooooooool!
É gooooooooooooooooooooooooooooooooooooooooool!
Não... Não... Não! A alegria do Dinim **Golaço!** comemorando o canhão do capitão Carlos Alberto Torres **Quatro a um! Quatro a um!** rebentou a raiva do Zezé, que, saltando sobre amigo, rolaram engalfinhados por sobre o tapete vermelho de cerâmica, enquanto o juiz alemão-oriental Rudi Glöckner apontava para o centro do gramado.

6. Relíquias
(julho, 1971)

Em pouco, o mato adensara a tarde anoitecida, passos que se ouviam mastigando folhas maceradas, curiosos esgares das pitangueiras. Zezé pousou numa pedra lodosa, e Dinim reservou-se a mijar numa árvore escanteada. À pássara cantilena disputa a mata o silêncio da bica-d'água; a frialdade imiscui-se nos ossos; a languidez dos dias primevos... **Zezé, vam tocar uma punheta?** Uma lufada serpenteia varrendo cismas. Avelhacado, deduziu, **Você toca nimim? Depois eu toco nocê...** Trêmulo, Dinim negaceou, **É besta, sô!**, desconvicto. Zezé: **Toca?** O outro, camisa agora embornal carregadinho de amora, encaminhou o corpo seminu para a mina, arrufou, **Bruuuh!**, molhando rosto, nuca, ombros, fios gelados intrometendo-se entre dunas de pele morena. Dedos elásticos espargiram gotas no sono de Zezé, que, espertando, garrou o amigo e esvoaçaram ambos chão afora, ralando raízes grossas e cocô de bicho, galhos mortos e cortinas de cipó, terra derrancada e cupins baldios, formigueiros e arbustos, suor lambendo corpos, gemidos, risadas, até Dinim ausentar-se sem fôlego no declive e, assustado, permitir lábios langorosos sugar seu pescoço, braços nervosos atarem desnecessariamente braços arreados, um vergão fustigar sua bunda, cega a boca revirar-se dolente à muda, línguas substituindo palavras, e mãos caçam o pinto duro e o gosto salgado invade as narinas e mãos premem cabeças que querem-não-querendo, esbatem-se e revoltam-se, agalopadas, pressão nas têmporas, aí não chupa mais ai ai ai agora você ui dói não aí não chupa mais ai ai ai agora você ui dói não aí não chupa mais ai ai ai agora você ui dói não

Agachado, pedaço de capim entredentes, Zezé vigiava o entra-e-sai de um formigueiro. Dinim catava pedras e arremessava-as para o alto, iludindo-se com sabiás, coleiros, canários.

Uma juriti melancoliza.

7. Intrometer
(novembro, 1971)

Jurado, a roupa do corpo do Matias escapuliu madrugada adentro, ele mais os vultos inclinados de sete barrigudinhos mais a Nazaré e um berreiro garrado às escadeiras, Dinim vomita um penico de bile e desfalece, pijama charque de suor, amarga língua verde corpo lasso porosa cabeça, uma voz ecoa, **... de saúde... dão um necroton... pro**

corrido de dívidas, cachaçada e jogatina, choradeira desgraçada, impôs a muque a autoridade, onde já se viu?, e carreando cagaços e engendrando porvires a prole se arrastou estrada afora, recusando ônibus e asfalto, adotando o a-pique dos morros em deslembrados caminhos do-onça. Ao surgir, o sol assustou-se com os pés corridos, que venciam lépidos a tristeza do silêncio que se refugia nas paragens às costas de Cataguases. Matias volvia o pescoço passo a passo, a perscrutar vingancices por sobre os ombros. Zezé entremeava o margor da ignorância ao deslumbre de paisagens ignotas, coração gangorrando coisas ficadas no lá-atrás, que, embora ontem, já sepultadas, e coisas aventureiras, que postas no lá-na-frente, já distinguia. Pensava indagar, Pai, por quê? Pai, pra onde?, mas a mudez bovina das gentes — nem o de-colo tugia — indicava-lhe a rispidez da hora. Refugiou-se, então, na severa solidão de seus quase doze anos.

blema de fí..., e a madrugada o recepciona numa cama-de-ferro de hospital, escorre a baratinha na branca parede descascada, tosses rastilham no corredor, gemidos a escuridão arranham, rangem molas trincam dentes, sonha, a pálida camisola estende braços azuis, sussurra, *Vem, meu menino*, côdeas de pão penduradas nos cabelos ensebados, as unhas transparentes tremulam, *Vem, filhinho, vem*, e a manhã que não chega!, olhos esbugalhados, o pai, de novo no prumo, tratou mudança com o Zé Pinto, uns badulaques para a Vila Resende, **Vai pôr casa pra uma vadia!**, bradavam as tias, **Você vai gostar**, dizia, alheado, a cabeça virada, **Uma perdida!**, desesperavam as tias, **Muda de escola, mais perto do centro, conviver com gente-bem**, dizia, escolhendo mobiliário para encher os cômodos, pintura tinindo de fresca, **Vai amigar com uma... A que ponto chegamos!**, mordiam-se as tias. Na alta, sentiu a ausência de mãos afogando-se em seus cabelos crespos e lábios roçando seu rosto imberbe — e o vento de outros tempos sacudiu seu peito.

8. Oculto pelas nuvens
(junho, 1972)

Rua Cachoeira do Mato, s/n, Bairro da Cacuia, Ilha do Governador, Rio de Janeiro, Estado da Guanabara. Esse, o novo endereço: casas acabreadas pelos morros, turquesa marolando lá embaixo, mais para a frente... o Desconhecido... O pai, ajudando na construção da maior ponte do mundo. Com treze mil e duzentos e noventa metros de extensão — sendo oito mil oitocentos e trinta e seis metros sobre o mar —, vinte e seis metros e sessenta centímetros de largura, seis faixas de rolamento e dois acostamentos, e altura máxima de setenta e dois metros acima do mar, pode ser considerada sem exagero a Oitaaava Maraviiiilha do Muuuundo! Matias madrugava, marmita conchegada na bolsa, **Criou juízo, graças ao Nosso Senhor Jesus Cristo!**, retornava noitinha feita, es-

Grávida, a madrasta — **Respeite ela como sua mãe!** — guspia pelos cantos, açulando Dinim a se indagar quem governaria. Esquivo, a quinta série arrastava no Ginásio Comercial Antônio Amaro, curso noturno, instruindo-se no que não presta, velhacaria de cigarro, senvergonheira de mulher, lambança de cachaça, sujidades e futricas, **Por que não põe ele num colégio decente?**, e a manhã para despertar no apito de quem já vem para o almoço?, e as especulações vespertinas? **O menino num quer... Faço o quê? Já não tem mãe, o coitado...** Há carteiras escangalhadas, a diretora ziguezaga em busca do delinqüente; há alunos que escapolem saltando o muro no intervalo, o bedel recita os nomes dos celerados;

frangalhado, zonzo, sono e canseira, **Melhor coisa ter saído de lá** Oito horas, seis minutos, zero segundo. Você sabia que a areia empregada na construção da Ponte Rio-Niterói daria para enterrar a metade da Praia de Copacabana? Oito horas, seis minutos, oito segundos **Males que vêm pra bem.** Zezé espicha, enturmando. Carnaval, farreou embrulhado em tiras vermelho-azul-e-branco da União da Ilha, "escooola queriiiiida"; janeiro e fevereiro gastou em peladas e mergulhos nas praias da Bica e da Engenhoca, assuntando; domingos despendeu, pau-oco, em assistências a vovós, empregadas e dos-lares na feira da Rua Sargento João Lopes, mixaria que esgrimia em suas excursões ao Méier, ao centro, de viração. Escola? **Soletra e garrancha? Apois!** Vinte e duas horas, quarenta e seis minutos, trinta segundos. Você sabia que o cimento usado na construção da Ponte Rio–Niterói — mais de quatro milhões e seiscentos mil sacos — se deitados, fariam mil e quinhentas pilhas da altura do Pão de Açúcar? Vinte e duas horas, quarenta e há alunas reclamosas, ... **que tipo de gesto? ... passou mão na sua... aonde?! fazendo o quê!?**, e já-já ardem orelhas, **É eu não, pai!**, e passeiam xingos e decepções, **Desgramado! Tanto sacrifício!**, a Outra, escorpiônica, **Eu falo... filho de quem... Tira da escola... Põe pra puxar carroça...** E aí se desentendem e se estranham e descabelam ambos — o pai e a madrasta — e se acertam: outorgam meia-vida ao réprobo, **Mas, já viu, né?, na próxima...**, e o maroto escangalha carteiras e salta o muro e passa a mão na bunda das colegas e enfia o dedo no cu dos colegas e, hominho, beberica cerveja e cachaça e estraga cigarro ordinário e briga e aguarda, insolente, o desaforado, Vem!, vem!, e marcha, invocado, para a perdição, entregam-se as tias; para a macheza, ufana-se o pai; para o predestinado, profetiza a madrasta: rataplã, plã, plã!

9. O lado escuro da lua
(março, 1973)

Iracema da Silva Novais? Sabe quando a internação? Difícil... difícil... Cilíndrico, o bigode lambe o indicador, investiga folhas ressecadas e manchadas, datas e nomes datas e nomes datas e nomes datas e nomes Fugir, frágil resolução, decide-revoga-decide, ânimo há, razões brotoejam — os embates contumazes entreparedes, o pai versus a madrasta versus Dinim versus o pai, assessorados pela inferneira do pagãozinho de-colo — entretanto, tudo findava no estupor de tardes constipadas. Até o chumbo da mão calejada arremeter contra sua cara, Dinim substantivava os dias. Ano anterior, injustiça!, fora condecorado com uma expulsão na escola — dos cinco sátiros que sodomizavam o Washington na sala catorze, três esfumaçaram, um sacou o sobrenome, e o pederasta rebolava-se para a educação. Nem comunicou em casa, negaceando escândalos desnecessários. Sentava no selim da mobilete canibalizada do filtro de ar e vencia os paralelepípedos até o Ginásio Comercial Antônio Amaro. Lá, confabulavam o pipoqueiro, os vagabundos, os estróinas, os estudiosos da malandrice, os catadores de marra, os passadores de maconha. Meses, nisso. Até o pai, insidioso, adivinhá-lo na roda dos mauselementos e extorquir a façanha, **Em casa a gente acerta**, vaias dos novamigos, novembro ensaiava chuvas, as noites clamavam por notívagas caminhadas. Evitaram-se, Dinim e o pai, em-morando sob a mesma cumeeira e comendo da gororoba insossa que a moça-madrasta cozinhava. Refugiou-se com as tias solteiras, meados de dezembro, azáfama dos pedais das Singers, tagarelice babelesca de entra-e-sai, máquina-de-encapar-botões e tesouras, **Viu o dedal?**, carretilhas, ninho-de-agulhas, **Cadê a almofada de alfinete?**, carretéis de linha, moldes de papel, **Ai, meu deus, a fita-métrica?!**, gavetas de aviamentos, ferro-de-passar, pilhas de revistas-demoda, **Alinhava aqui, ó!**, bloco de papel-carbono, metros de pano, passos encipoados em retalhos pelos tacos, **Natal**, se desculpavam, *Jingonbel, Jingonbel*, **Roupa nova**, davam de ombro, *adeus ano velho feliz* **Ano Novo**, justificavam, e janeiro reencontrou-o em casa, pedra calcada sobre o assunto. Mas. Cara amarrada, o pai embrulhava jornadas impaciente, em carne-viva a flor da pele, um Continental na brasa do outro, murros bambeavam as pernas das mesas, gritos ensandeciam os ouvidos das assustadas paredes, rastros estúpidos de desentendimentos, neném aferrado à força dos pulmões, madrasta desmaiando sonhos amoníacos, e um redemunho ensacizando a folhinha do Sagrado Coração de Jesus, e uma iara conduzindo as horas para as profundezas tranqüilas de águas paradas, negras, líquidas cavernas de primevas alegrias, **Chutou, você viu?**, carícia de macios dedos, o grafite risca respeitoso a página inaugural, $b+a=ba$, $b+e=be$, $b+i=bi$, $b+o=$ **Bem-feito!**, as tias, **Aqui se faz, aqui se.** Portanto, um amassado cigarro subtraído pela manhã de um maço cheio e oculto no bolso-de-trás de uma calça pega-frango e aceso no ângelus esparramado no meio-fio, nuvens de bicicletas catraqueiam sobre os paralelepípedos, moças palram, rapazes palestram, o apito da fábrica afugenta a quinta-feira, e, tum!, o bico do sapato carimba suas costas, e pá!, **Vagabundo!**, o chumbo da mão calejada arremete contra sua cara, **Vagabundo!**, tum-pá-bum-tum-pá-bum, desabam bofetões pontapés murros empurrões tapas bicudas sopapos pescoções bordoadas joelhadas, e longe mancando moído sangrando corpo desenhado à fivela do corrião ouvia **Vagabundo!** o pai **Vagabundo!** impregna na escuridão que nunca mais termina. **Barbacena**, a tia informou, **lááááá longe**. Até Leopoldina o motorista do Rodoviário Mineiro carregou, **Fazer o quê? Voltando das férias**, e indicou insuspeitoso o embrulho debaixo do braço, o diacho vem depois. No trevo pára, ninguém, descida buzinante, jeito é arranjar quem saiba para que lados o destino, e isso o sol descobre em antes, e caminhões e ônibus despencam Rio-Bahia acima-baixo, espalhando seixos e roncos e a paisagem tremula rente ao asfalto, e no éden haverá uma bica e sombra, e a fumaça que se dissipa da chaminezinha encastoada na mata carreia odores e formas, a colher enorme da avó remexe mangas no tacho, quintal de uma casa num ermo de Eugenópolis, a placa **Juiz de Fora →**, o caminhão-de-leite grita **Até a entrada de Argirita, vai?**, trepa na carroceria, e, espremido entre a tremedeira dos latões, aspira o cheiro de bosta de boi, o vento do desconhecido o embala, **Ê mundãozão-de-deus, sô!** *Sai fora, cachorro! Sai fora, charrete! Sai fora, passarim! Sai fora, geeeente!* Na casa de beira de estrada, palmas, e os latidos viralatas irritaram a tarde que navegava plácida rumo oeste, e uma mulher, lenço na cabeça, desconfiadas mãos alisando o avental, duas meninas aparvalhadas entre as pernas, penalizada montou um prato de comida, arroz, feijão, **Estalo um ovo, um minutinho**, angu e uma caneca-de-flandres de água do poço. Recontou a história e o marido, cacumbu nas costas, **Barbacena? Sei não... Mas é longe!** E sonhou com galinhas e patos e sobrevôo de morcegos e ratos rilhando o milho embonecado, e a cadela acordou-o lambendo sua boca, íntima já, dentro do paiol onde ressonara. E, após a broa-de-fubá com café-de-rapadura, apanhou carona, um raquítico fusquinha asmático esperneando na vencida da serra, o velho, chapéu atolado no cocoruto, fala nada, "**... pra não distrair da estrada...**", tronco sobre o volante, cigarro-de-palha apagado, arrasta compromissos, **Juiz de Fora? Deixo na rodoviária, está bom?** Pipocas pulam mágicas na máquina brilhante, povaréu!, malas e sacolas e bolsas e embrulhos apressam-se, a cidade triste e úmida aperta sua garganta, *Bobiça, voltar pra Cataguases*... a caixa-de-som **Belorizonte, onze e trinta: plataforma seis, Belorizonte, onze e trinta: plataforma seis.** Passeia guichês: Viação José Maria Rodrigues, Empresa Unida, Útil, Viação Vitória, Viação Cometa, Viação Progresso, Viação Goretti — **Passagens para Barbacena. Moço, quanto é?** O rapaz explicou, **Pede... vai que...** E Dinim, fatigado e incomido, mira um mais apessoado, **Moço, me ajuda eu a comprar** e miudamente pingam caraminguás em suas mãos de-começo envergonhadas, logo empós cínicas, e de cambulhão vão-se o bilhete (*Falta o de-comer, agora*) o pão-com-lingüiça e a laranjada (*Falta a volta, agora*) canudo de notas amassadas (*Falta um trocado pra viagem, agora*) e na toada embarcou tarde findando, cabeça recostada no medo madornou, quando se deu, pergunta daqui, indaga dali, uivos do Hospício dilaceravam a noite. Na calçada, a madrugada lambeu suas canelas descarnadas, e a manhã cutucou-o com seus dedos tépidos. **Iracema da Silva Novais? Sabe quando a internação?** Cilíndrico, o bigode lambe o indicador, investiga folhas ressecadas e manchadas, datas e nomes. **Vai, menino, entra aí, vê se acha...** A luz não chega ao Pavilhão Feminino. Espremidas, centenas de mulheres, nuas, seminuas, amontoam-se jogadas ao chão coberto por uma rala camada de capim seco, mãos mergulhadas em cochos de alvenaria, bosta e mijo, morrinha e fedor, magros braços estendidos, súplices, rostos arruinados, olhos mortos, gritos desgarrados de um mundo insepulto. Desesperado, Dinim labirintou úmidos corredores, do eco dos próprios passos fugindo, em loucos enfermos esbarrando, até deparar-se com a pálida claridade das dez horas. Então, sentou-se no passeio, baixou a cabeça e um jorro amargo, uma verde água salitrosa, escorreu de sua boca, empoçando-se entre os paralelepípedos.

10. Queria que você estivesse aqui
(setembro, 1975)

Sete de setembro, **Dia de quê?**, da perguntadeira nem conhecimento o pai tomou, intertido na arrumação, **Bonito assim?**, escorregando o pente pela carapinha espichada a Glostora, **Heim, Nazaré?**, a mãe, espanando caspas dos ombros do paletó do marido, ajeitando a cintura do vestido estampa florida, **Heim?**, conferindo a filharada, **Não vai mesmo, Zezé?**, **Nazaré, então?**, A de treze, emburrada, **Pode abrir essa cara!**; a de doze, sem sapatos, **Onde você enfiou?**; a de onze, tranças desfeitas, **Nada pára nessa menina!**; a de dez, sumida, **Ai, minha nossa senhora!**; a de oito, enfezada, **Vamos!**, **Vamos!**; a de seis, nariz estilando, **Vai já-já limpar!**; o de três, aos berros. **Bom assim, Nazaré?** A tropa rumou para a Avenida Presidente Vargas, feliz. À frente, o pai, orgulhoso, comandava o terno de náicron; atrás, a mãe, pés estragados amaciando o couro novo, apascentava a ninhada, sem tempo de saber-se. Bandeirinhas verde-amarelas formariam um cordão para assistir à parada, soldados engomados, caminhões só-fumaça, tanques-de-guerra estremecendo o asfalto monturos de bosta de cavalo, sol a pique. Ao recostar a porta da sala, trancado lá fora o alarido, nos ouvidos de Zezé arderam os silêncios do domingo, *Que fazer?* A manhã engataria na tarde, convite para trepar na laje e, manivela em punho, metralhar as cores que riscam o céu quase primavera, vento brincando no rosto, delírio de pipas manchando a baía. Entretanto: em vez, um não-sei-quê esganava-o, um troço doía não percebia onde, botou um disco na vitrola, o pai guardava-os enfileirados no chão a um canto da sala, uma dúzia talvez, capas estragadas, coisas do tempo do epa, **Ninguém mais ouve isso, Matias!**, presenteou a mulher, aniversário dela, Músicas inesquecíveis, volume 1, que girava e regirava no prato, Love is all, as mãos feridas de água-sanitária afogadas no tanque de lavar roupas, Se tu non fossi bella come sei, as mãos sapecadas remexendo panelas no fogão, almoço, jantar, Love me, please, love me, a vista comprida recostada no tambor que recolhia água de chuva no quintal, Rain and tears. Quando a agulha sulcou Les marionettes, Zezé escorregou até a frente do espelho do guarda-roupa: mamilos intumescidos *Muita punheta?*, rala penugem encimando o lábio, gravetos de braços, olheiras, *Morrer... quem ligaria?* Às costas, refletida, a janela emoldura um recorte de morro decalcado num azul imenso que se afunda horizonte além, From your side. *Tudo tão distante agora...* Eliana morava numa casa bonita na Vila Teresa, a bala entrou no ouvido esquerdo, estourou a cabeça, nem bilhete, nada, sangue minando do sofá, vermelho círculo inchando no assoalho. Empurrava Dinim no carrinho-de-rolimã, estacou com o estampido, **Tiro!**, reconheceu, **Quê?**, **Foi tiro isso!**, alertou, acostumado com as detonações do Zé Pinto nos fundos da horta, perto do rio, fim de tarde, **Ó, aquele sanhaço lá, heim! Pum!**, e, após a fumaça súlfura que emanava da cartucheira, expedicionavam por entre a folhagem que cobria o leito arenoso em busca do passarinho nunca encontrado, **Acho que explodi o coitado,** desculpava-se, coçando a calva, risos contidos da vagabundama que o seguia, bicos abertos no aguardo da cerveja que, sabiam, adviria como encabulada paga pelo vexame, e mirava outro bicho que pelos galhos das árvores traquinava àquela hora. **Pum!** Entraram correndo porta da sala adentro, mesmo juntos com uma vizinha e um-alguém que pela rua passava, e imobilizaram-se todos ao avistar a menina, músculos ainda trêmulos, olhos desorbitados. Dezembro, o colchão incendiava as madrugadas, impossível ressonar — a mulher volveu o rosto estarrecida, balbuciou, **Eliana, minha filha, quê isso!** *Para onde a gente vai quando* Ho bisogno di te. Imperceptivelmente, há muito a voz de Nini Rosso evolara. A brisa roça as tiras de plástico coloridas da cortina que separa a sala da cozinha. Dragão rosna, em sonho. Atenta, Bolinha aguarda a ordem, orelhas em pé, língua pendurada. Calor. A mãe chama pelo filho, ... **érto!** ... **éérto!** ... **érto!** ... **eérto!** Uma canção romântica singra o vaivém longínquo do mar. *Dezessete anos, ela tinha... Quantos mais terei?* O corpo levita a centímetros do cimento grosso frio *Ana Lúcia biquíni verde Dinim Vi até os pêlos Ana Lúcia peituda*, rotaciona cento e oitenta graus *De dentro do caixão um a um vão purgar por essa tristeza esse vazio esse*, despenca na escuridão úmida de um poço sem fundo, para nunca mais nunca ma

11. Animais
(janeiro, 1977)

Parentes? Os dentes!, Matias gritou, despendendo o garfo que estrondou no prato rejeitado com raiva, levantou-se estrangulando o gargalo da garrafa de cerveja na mão esquerda, o copo-americano Um extenuante esforço e o braço esquerdo envolveu os ombros largos da menina, e se aquietou — um tarol, o coração. As imagens que se sobrepunham na tela, não as compreendia, músculos acantona-

semivazio na outra, e estendeu sua magreza no sofá, molas espetando o assento puído, frente à televisão ligada ... **de saco cheio, se você quer saber, de saco chei** Oficial eletricista, desde após o término da Ponte Rio-Niterói bem viveu biscateando, nas graças do engenheiro-chefe da empreiteira, um chalezinho para o frio em Teresópolis, uma casa verânea em Cabo Frio, duas ou três visitas ao apartamento em Copacabana, **O homem põe fé em mim**, gabava-se. Em-primeiro, a cidade corrigiu o marido, pôs-lhe antolhos, apartou-o da bebida e dos maus-elementos, ajeitou-lhe uma decência, sem espaço para desordens — Nazaré pensava, revolvendo a terra do canteiro de rosas brancas, amarelas e vermelhas à porta de entrada da casa alugada. Aos poucos, enovelou a antiguidade: fim-de-semana, pós-ausência a soldo do doutor Eduardo, deleitava-se com umas bramas na birosca do Betão, **Preocupa não, Nazaré**, adiantava-se ao chegar em casa cambaleante. Esfomeado, dos em rebelião. Algumas cenas e a ansiosa mão direita levemente comprimiu a mão direita dos longos cabelos azeviche. As cabeças, hirtas, adivinharam-se em dedos latejantes. Suspiros depois, a mão direita do Dinim soltou-se e escorreu distraída em direção à grossa coxa direita da Vilma, alisando-a receosa por sobre o brim da calça-jeans, e delicadamente repelida. Teimosa, no entanto, minutos após, em meio a uma terrível tempestade marítima que impunha trevas ao cinema, a mão direita, o corpo sutilmente inclinado, encaminhou-se sorrateira rumo à bata de algodão cru branca, os dedos indagando de uma abertura qualquer onde alcançar o sutiã para então transporem-se em júbilo até os almejados peitos, mas a mão esquerda de Vilma, agora ríspida, expulsou dedos, mão, braços. Contrariado, **Faz cu-doce, faz...**, Dinim sentou-se duas fileiras adiante. Conhecera-a quatro meses antes, Led Zeppelin enlevando Stairway to Heaven num dos vários

destampava as panelas reclamando, ranço de álcool, **Tem mistura não, gente?**, alvoroçando os filhos. Nazaré tocava-os para fora e quedava em lamúrias, suplicando-se em lancinantes gritos que, látegos, escarvavam as paredes enegrecidas da cozinha — Matias, impávido, garfando o arroz-com-feijão-angu-e-couve. Os domingos, porém, respeitava-os no sossego, vez por outra candeando Zezé ao Maracanã, ver Zico, Geraldo, Doval e Júnior empurrar maestros o Flamengo, radinho-de-pilha concha no ouvido, em pé hipnóticos na geral; ou conduzindo em fila indiana a família para um grancirco armado no campinho em Cocotá, cachorros lambuzados azul e rosa, fraques uns, saias outras, macacos de chupeta velocipedalando, palhaços gola alevantada ejetando lágrimas, malabares e pratos rodopiantes, ciclista na corda-bamba, trapezistas oh! quase-quase despencando, elefante equilibrista e tigre rajado e urso bailarino, globo-da-morte, chupe-chupe, pipoca vermelha, maçã-do-amor, algo-

cômodos de uma casa na Vila Domingos Lopes, entre breves goles de chá-de-cogumelo e longas baforadas num cigarro de maconha. Assustada, Vilma entrincheirara-se sob uma almofada verde, metralhando, olhos esgazeados, os que teimavam em se aproximar. Servindo-se de um pestanejo, beijara-a, parecia. Depois, Dinim farejou-a enquistada num grupo-de-jovens, APL (Amor, Paz, Liberdade), que se reunia sábado à tarde no salão paroquial da Igreja São José Operário ensaiando músicas do Padre Zezinho para a missa das sete da manhã de domingo. Tocaiava-a na saída e, engarupada na Honda 50 cilindradas, embrenhavam-se em recantos suspeitos, olhares censurosos dos colegas. Dia seguinte, vigiava impaciente, fora, no meio-fio, o ponto-final da ladainha do padre Heraldo para, vento no rosto, abandonarem-se rios, sítios, ermos. Natal, distribuiu cestas-básicas para pobres do bairro Dico Leite, assistiu entorpecido à Missa do Galo. Passagem de ano, a contragosto acompanhou Vilma à

dão-doce, pirulito e uma alegria doida chiando em-dentro do peito; ou ainda quando toalhas-e-matula tomavam o ônibus até o Arpoador, cedinho para ocupar um bom lugar onde Matias pudesse ressonar paxá na areia, os berros das crianças sufocados pelo barulho do mar, e Nazaré, apreensiva, **Volta, Zezé!** *Ai, meu deus, ele foi lá pro fundo!* Arruma esse biquíni, Nádia! Cláudia, leva o Junim pra fazer xixi. Espera, Evelina, que já-já a gente vai comer. Larga a Maura, Beatriz! **Levanta o pé, Sandra, deixa eu ver.** Nem isso, mais. Sem emprego, acampara no botequim, de-início negando-se a pegar serviço desqualificado na cidade, **Ficou em-feito! Sou profissional, entende?, não posso ir aceitando qualquer coisa... Desmoraliza eu... Depois, já viu, né?**, e por fim recusando trabalho na vizinhança, **Ficou em-feito! Sou um profissional, entende?, não posso ir aceitando qualquer coisa... Fazer gato, puxar luz de padrão, estender fio... não é coisa de oficial** Caixa D'água, onde frangos-assados saciaram a fome e um garrafão de cinco litros de Sangue de Boi a sede dos apeeles, uma ressaca danada. Má-companhia, abordaram-no dona Selma, mãe da Vilma, e dona Rosinha, que a tinha na conta de filha. Perfilado no passeio, Dinim abstraiu o sermão, bovinamente sonso aceitando as admoestações, ... **nova ainda, tem muito estudo pela... juventude é isso mesmo, mas a gente tem obrigação de...** Outra feita, imbuídos de, segundo Vilma, "sentimentos verdadeiros" — "é... inveja, ciúme, egoísmo", atalhou Dinim —, os apeeles convidaram-no para um piquenique na Ponte do Sabiá, desculpa para arrochá-lo, ignorava. As bicicletas, dez, espalhavam cores e vozes pela manhã-metileno, estilhaçando o silêncio da roça, costelas de bois espalhadas no alto do pasto entre cupins, sarna de cachorro latindo rabos eletrizados, perus gluglulam, a pata busca o rego para banhar os filhotes, galinhas esticam o pescoço em-guarda, **Bom** não, sô! Isso qualquer zé-mané faz... Agora espertava sol alto, bafo-de-onça, mãos trêmulas, fundas olheiras, a magreza engolindo copos e copos de água da talha, implicava com as crianças, qualquer motivo palavras de repreensão, botava calça, camisa, chinelo-de-dedo e, homiziado no Betão, enfieirava as horas. Precisavam dele?, buscavam-no sempre entrevado a uma mesa de metal, num canto umbroso, à frente cumbuquinha de cachaça, pratinho de moela, coração, pé-de-frango, torresmo, tiras de maçã-do-peito ou manjubinhas ou peroá frito, especulando a partida de sinuca, sapeando o buraco a-valer, cogitando a bobajada das gentes no entra-e-sai. Às vezes, até mesmo atrás do balcão. **Trabalhando de graça... Nem relógio faz isso, seu trouxa!**, lamentava Nazaré aos pés dos ouvidos moucos do marido, que se exaltava apenas quando vinha com aquela conversa-fiada de voltar para Minas, **Lá tem os parentes, as raízes...** Ah, isso sim, insuportável!

dia!, acenam, **Bom dia!**, o chapéu responde, crianças desconfiam por detrás de paredes esburacadas, uma mulher lenço na cabeça estende mudas de roupa na capoeira, uma charrete, uma carroça, o tempo sua pedaladas. O motor barulhento da Honda 50 cilindradas adianta-se, aguardam Dinim bermuda sem-camisa e Vilma biquíni, sob uma solitária árvore, atrasa-se, ultrapassa o grupo, adianta-se, atrasa-se. O ruído líquido antecipa a cachoeira que despenca exausta sob a sombra da paisagem borrada. Roupas desdeixadas sobre a grama, evoluíram palmípedes, grasnando, gracitando. Após, toalhas estendidas e isopor com Coca-Colas e cervejas e sanduíches de presunto-e-queijo embrulhados em papel-alumínio, a vitrola-a-pilha esforça-se para tocar Journey to the Centre of the Earth, Rick Wakeman, cansaço. Sol alto, ninguém mais nada, provocam, **Ô, Dinim, e essa fama sua?, Fama? Que fama?**, os dedos interrompem o anelo nos cabelos graúna da Vilma,

Ué, dizem-que... Quê?, Dinim levanta-se, caubói, no meio da roda, **O pessoal diz por aí que você é maconheiro**, consulta Vilma, anda em direção à motocicleta, desengata o descanso, empoleira, Vilma, chateada, enfia suas coisas na bolsa, engarupa, acelera uma duas três vezes, labirinta-se pelo atalho, assalta a estrada, desaparece ao longe, o rastro de uma nuvenzinha de poeira.

12. O muro
(novembro, 1979)

Leitura das linhas 13 e 14 das páginas de um caderno brochura capa azul 14 cm x 20,5 cm, preenchido provavelmente em 1971, pertencente a Maria Aparecida Albino, do lar, nascida em 5 de maio de 1960, em Cataguases (MG), e lançado ao lixo na tarde quente de quarta-feira, 7 de novembro de 1979, ao a proprietária remexer uma mala apinhada de bobiças antigas, nos dias que precederam seu casamento com José Américo de Souza, comerciário, nascido em Santana de Cataguases (MG), em 13 de abril de 1957. A cerimônia teve lugar na Igreja de São José Operário a 24 de novembro de 1979, em Cataguases (MG), sendo a recepção aos convidados realizada no Clube Aexas, naquela mesma noite. Após uma semana de lua-de-mel em Guarapari (ES), os noivos seguiram para seu novo endereço, uma casa quatro-cômodos recém-construída, sita à Rua Antônio de Paula Mendes, 23, Vale dos Bandeirantes, Juiz de Fora (MG).

Qual o seu nome?
13. Antônio Dionísio da Silva Novais
14. José Teixeira Pedro

Qual a sua idade?
13. 11 anos
14. 11 anos

Qual o seu filme preferido?
13. Romeo and Juliet
14. Love Story

Qual a sua música preferida?
13. Detalhes, de Roberto Carlos
14. Menina da ladeira, de João Só

Qual o seu ator preferido?
13. Tarcísio Meira
14. Tarcísio Meira

Qual a sua atriz preferida?
13. Regina Duarte
14. Renata Sorrah

Que profissão vai ter quando crescer?
13. Bancário
14. Torneiro

Qual o carro de sua preferência?
13. Mustang
14. Karman-ghia

Quantos filhos você vai ter quando se casar?
13. Quatro
14. Três

Que cidade você mais gosta?
13. Rio de Janeiro
14. Cataguases

Qual o seu maior defeito?
13. Nenhum
14. Ser bonito

Qual a sua maior qualidade?
13. Inteligência
14. Ser bom

Qual o seu sonho?
13. Jogar na seleção brasileira
14. Ficar rico

De que animal mais gosta?
13. Cachorro
14. Cachorro

Qual a sua estação preferida?
13. Verão
14. Verão

Qual a sua cor preferida?
13. Azul
14. Azul

Qual o seu doce preferido?
13. Doce de leite
14. Doce de mamão verde

Qual o seu prato preferido?
13. Louça
14. Colorex

Qual o seu livro (ou autor) predileto?
13. Fernão Capelo Gaivota, de Richard Bach
14. Ha, ha, ha, você já leu isso?

Qual o seu melhor amigo(a)?
13. A dona desse caderno...
14. _____

Que país gostaria de conhecer?
13. Brasil
14. Estados Unidos

Qual o seu time predileto?
13. Botafogo
14. Flamengo

De que matéria mais gosta?
13. Matemática
14. Matemática

Uma mulher bonita...
13. Minha mãe
14. Minha mãe

Um homem bonito...
13. Eu
14. Eu

Deixe uma mensagem de seu coração
13. "De que vale o céu azul e o sol sempre a brilhar / Se você não vem e eu estou a lhe esperar" – Roberto Carlos
14. "Besteira pouca é bobagem" — Eu

13. As mais dançantes
(novembro, 1981)

Assentada no degrau da escada da porta dos fundos, Nazaré levou as mãos ao rosto, e de seu judiado corpo ribombaram lágrimas, arranhando o silêncio que as calmas águas do Rio Pomba conduziam. Então, Zezé, peito recostado ao espaldar da cadeira, braços cruzados, percebeu a noite, que, discreta, se instalara, cuidando para não desarrumar o cenário. Ainda há pouco conversavam, sussurros entremeados de longas pausas, que galos ansiosos, rádios histéricos, vozes impacientes, preenchiam. Sandra e Maura, enrabujadas, especulavam as paredes do cômodo iluminado — **Já pensou?, um quarto só pra vocês!** Junim, atirado, explorava o arredor. Difícil decisão, abandonar o sabor da maresia pelo odor melado da tarde suburbana de Cataguases. Isso desejara, sempre, Nazaré, sempre, mas precisou desgostar da vida para que sucedesse. Agora, rastreando os trinta e oito anos, tudo findo.

Não era grande a casa, um sobrado quarto-sala-cozinha-banheiro na Granjaria, e mínimo mobiliário, colchão-de-casal estendido no chão, guarda-roupa, estofado, aparelho-de-som National três-em-um, mesa e duas cadeiras fórmica amarela, fogão-a-gás, talheres — mais o principal: estavam juntos. **Não é minha filha!**, seu Camilo, pai da Vilma. **Uma loucura!**, dona Selma, a mãe. **Tudo tão rápido! Os vizinhos, vão dizer o quê? Que a menina está... minha nossa!** Casaram-se no civil, **Eu vos declaro**, manhã de sábado chuvosa, molharam-se noivos e convidados e padrinhos eriçados pelas traquinagens do vento, e entre trovoadas e relâmpagos tarde adentro pintaram as paredes e lustraram o sinteco — essa a lua-de-mel, duas garrafas de cidra, três dúzias de salgadinhos e o gosto comum pelo cheiro que emana dos dias encharcados. Na segunda-feira, a labuta: sentar ao volante da Kombi

Despejados da casa até-que-boa da Cacuia, mesmo dos escassos móveis apartados, escalaram para o barraco nauseante do Morro do Dendê, os noves soçobrando na imundice de ratos baratas mosquitos — que a Nádia, a filha mais velha, já havia desertado, iludida atrás da fama de um rapaz do Morro da Pixuna, nunca mais. Matias, coitado, traste sem serventia, labirintava enojado pelos estreitos becos da favela, túrgido graveto de pele turva, de Bandeira apelidado, crueldade do povo, porque trêmulo, todo o tempo ao vento submisso, caquético, bruxuleando desesperado, vazando por todos os poros o homem que um dia havia sido, até concluir-se murundu pobrinho arruinado no cemitério da Cacuia, vencido pela cachaça que dissipou o nada em que náufragos se agarravam. Cláudia escapuliu, **Santa Cruz... tão distante!**, nas pegadas de um crente que impunha saia e cabelos bíblicos e proibia visitas à família, creme, ainda madrugada, faróis despertando pássaros negro asfalto afora, pegar o carregamento de cachaça em Itaperuna, outro lado da divisa, no Rio de Janeiro, e trazê-lo sem nota até Cataguases, onde seu Lino distribuiria aos botequins. Duas viagens semanais negaceando da Rio-Bahia, onde atentos policiais-rodoviários atalaiavam os desavisados em busca do cafezinho, da cervejinha, do leite-das-crianças. Quase um ano solitário gangorrando em costelas de estradas-de-chão, coração receoso, fosse pego iria para a cadeia?, **Seu Lino, livra minha cara, Vilma, Livra nada, Dinim**, carecia arrumar outro-algo, mas, o quê? Lá-atrás, arquitetava filhos, **Uns três, já pensou? Dois Dininzinhos, uma Vilminha...** No entanto. Quando a menstruação falhou, e já tudo a enjoava, atolaram-se no **como vamos fazer para cuidar de um bebê, se nem emprego eu tenho? se nem lugar pra morar nós temos? se nem bem começamos a vi-**

mo se habitassem o pardieiro adões e evas recém-expulsos, luxúria, lassidão, lascívia. A Evelina, **Tão linda!**, babá num condomínio chique em São Conrado, uniforme um asseio, engomadinho, branquinho de doer as vistas, de-começo aceitava ver a mãe na calçada da praia, como acaso, dia quinze, a alemãzinha zoinho azul cabelim clarim uma boneca! aninhada no carrinho, **... está tudo bem, mãe... aqui ó, uma ajuda pras meninas...** Nunca disse de apresentar ela aos patrões "Vamos dar uma subidinha", nem ao menos apontar "Alá onde eu trabalho", tanta vergonha... Depois, trocou de emprego, desapareceu... Bateu pernas São Conrado, notícias nenhumas. Doida, vasculhava as ruas do Rio de Janeiro caçando aquele cheiro bem seu também... E a Beatriz, rejeitava a recordação, corpo duro *ninguém merece um fim desses* enfiado numa gaveta de geladeira do IML, **É, é ela sim!**, meu deus! o rostinho magoado afundamento do crânio on**ver ainda?** Assim, os dias encapelavam-se na CG 125 vagando indecisa por caminhos silenciosos de roças abandonadas. E reviraram horas, decisões definitivas ruíam em cinco minutos, pactos de sangue esqueciam-nos à vista dos telhados da cidade. Até Vilma, desfalecida, não suportar mais a náusea, cabeça enfiada na privada, vômito pendendo da boca, do nariz, dos negros fios dos cabelos, e procurar uma ex-colega da escola, que sabia lidado com semelhante situação, e ela aconselhar **toma quatro Cytotec e enfia mais uns três, quatro na... na vagina, você vai sentir como se estivesse com dor-de-barriga, sabe?, aí vai descer uma sangüera danada e... bom, aí você procura um médico no Pronto-Socorro, fala que teve um sangramento, ele vai examinar, vai falar que você teve foi um aborto, vai perguntar se você que provocou, você claro vai dizer que não, jurar que não, ele vai fazer a curetagem, e aí acabou...** Três semanas depois casaram-se,

de os amigos? não viram nada? heim? não viram? instrumento contundente e tomar coragem e colocar os trens no caminhão e escapar antes que reste apenas

Vilma entrou para a faculdade, Pedagogia, Dinim, para o contrabando de pinga, e os meses se revezaram na folhinha da parede, e daqueles tempos ficaram de Dinim um difuso mal-estar, e de Vilma, a menor tolerância a cheiro de pinho-sol.

14. O corte final
(março, 1983)

Alugado, Zezé herdou o barraco do Morro do Dendê, preguiça de fustigar novo endereço, mantido talqualmente quando lá se amontoavam todos os suspiros. Madrugada, vez por outra, despertava enregelado, a sombra cinza do pai encaminha-se sedenta ao filtro, consumida pelo incêndio inapagável do remorso, **Ô, meu filho, olha o que virei...** Outra vez, acordava atônito, a escuridão latejando, agônico o choro sufocado da mãe encharca o silêncio, nunca seremos felizes, ela pressentia, as filhas, criadas com tanta devoção, a distância e os anos se incumbiriam de sepultar das

Encurralado, Dinim dispôs-se a uma entrevista com o Bochecha, conhecido de vista dos idos do Ginásio Comercial Antônio Amaro, *Vamos ver o que ele tem a oferecer...* Amargava já quatro meses de encafuamento, zumbizado no sofá em frente à televisão portátil, bombril entrelaçado na antena, Scooby-Doo, O Incrível Hulk, Globo Esporte, Jornal Hoje, Sessão da Tarde, Minister impregnando de sarro a ponta do indicador e do médio, latas de Skol espalhadas por entre tacos soltos, beatas de maconha na caixa-de-fósforo vazia, Italian Pine para eliminar o bodum, e um

lembranças, os oito umbiguinhos caídos — **o da Nádia demoroooou!**, já o do Junim —, os dentinhos-de-leite, a coça, como se arrepende!, que deu na Evelina — **será que é por isso que** —, o dia em que ralhou com a Sandra na frente das coleguinhas dela — **ela ficou tão sentida, coitadinha!** —, a Beatriz, não, uma mãe não podia enterrar seus filhos, isso é um descabimento, meu deus, não tem base, e os momentos todos em que o Matias chegava do batente na Ponte Rio-Niterói, olhos alumiados, **Pai!, Pai!, Pai!**, crianças se esfregando nas pernas, atracadas na cacunda, penduradas nas mãos, **Pai!, Pai!, Pai!**, ecoa a algaravia, paralisando por instantes a algazarra dos ratos, e agora adoentada à janela do Ana Carrara, periferia de Cataguases, cansaço no coração, varizes, diabetes, o chumbo do desgosto oprimindo os peitos murchos, e a manhã desce o morro para trabalhar. Zezé bem quisera acompanhá-la, porém, não se estabelece. Se acontecia desejo imenso de morrer, pôr fim em tudo, sentiria falta, alguém? O motor da Kombi carregada de cachaça sem nota fiscal perdeu força, cabo do acelerador? não, engripou alguma coisa?, *Merda!*, virabrequim será?, rateou até estacionar no acostamento, a tarde de outubro despencando atrás dos morros, esmurrou o volante. Abriu o capô, resmungou para polias e correias, só os ciscos dançando ao zunirem céleres os caminhões. Desesperava-se, quando parou uma Variant II, *Graças a Deus!*, e um prestativo paisano peeme, vasculhando o por-debaixo da lona, cheirou o contrabando. De atrás das grades da cadeia de Muriaé soube que o seu Lino confirmou ser dele o veículo, **Não vou negar, mas, meu deus, estava arrendado pra este rapaz, tenho prova não, na confiança, o senhor sabe, vale é a palavra, como podia adivinhar que, santo deus!, que mundo o que vivemos!** Dias depois, cinco, seis, soltaram-no, o delegado, paternal,

de responder um anúncio do **O DIA** – Procura-se: —, tomando ônibus e amargando fila, empacava na perguntalhada, documentos, grau de escolaridade, comprovante de residência, indicação, a mão suada apertando no bolso-detrás da calça a desanotada carteira-de-trabalho amassada. À polícia, no bloqueio da favela, nas batidas na cidade, argumentava a ficha limpa, braços e pernas abertas contra a parede. Expôs-se a tudo: pedra-britada, cimento, areia e água viravam massa de concreto e calos-de-sangue em suas mãos, lasseando seus músculos desacostumados. Nas alturas zonzeava, e a impaciência desabilitava-o para as miudezas. Bombeiro exigia cabeça, pintor capricho, eletricista curso, mecânico conhecimento, representante-comercial mais que a sexta série incompleta. Biscateou: porteiro noturno de edifício, ajudante de serviços gerais, lavador e guardador-de-carro, vendedor de picolé, de empadinha, de milho, de camarão no Le-

Meu filho, agradeça primeiro a Deus e depois ao seu Lino por ter retirado a queixa, não fosse ele, sei não, você, tão novo, já complicado. No caminho de volta, matou o seu Lino variadas vezes de maneiras as mais diversas. Entretanto, à medida que na janela do ônibus apareciam sujos da paisagem conhecida, sua gana amortecia: ele, o único a perder, evitava o passeio do depósito. No desemprego, a família da Vilma botava o de-comer debaixo do teto, **Filha minha fome não passa!**, bradava seu Camilo, insatisfeito, satisfeito. E brigavam. Por nada, discutiam. A imundice da gaiola do sanhaço. Os cinzeiros lotados. O chuveiro que não esquenta água. O quadro horroroso na parede. **Você não procura emprego! Quem arranhou o disco do prisma do Pink Floyd? Você quer que as coisas caiam do céu? Sua família enche o saco! Cadê a bosta do isqueiro? Comendo assim você vai virar uma baleia! Filho-da-puta! Vaca! Desgraça-**

me. Muitas as seduções do Zelão, distinto sujeito, chapa desde quando desse-tamaninho-assim, rejeitava-as todas, embora o aluguel atrasado, a comida de xepa, a roupa de bazar-beneficente. Mas, para quê o orgulho? Às vezes enfezava-se, desentendendo-se, vontade de aceitar o três-oitão e perder-se por aí justiçando, o olhar de desprezo do filhinho-de-papai, bum!, o chute de humilhação do bacana do prédio um-por-andar, bum!, o arrepio de nojo das garotas bronzeadas que passam o dia de bunda para cima na praia, bum!, a arrogância das madames de cabelo pintado, bum!, o desdém dos carros dos ricaços da Zona Sul, bum! E distribuía filipetas de restaurantes em Copacabana em troca de uns poucos caraminguás.

do! E o senhorio, do andar de baixo, espicaçava o teto com a ponta da vassoura, **Vamos parar com isso?! Eu chamo a polícia! Chama! Pode chamar! Pára com isso, Dinim! Pára!** Certo, certo... Afundemos mais um pouco, baby. O recado para o Bochecha, *Ao seu dispor, quando quiser, só marcar...* Agora, no passeio, a mesa de metal, brama e dobradinha no palito, **Entendeu, cara?, deixo o material locado na sua casa, quando precisar, falo, vou lá, pego, sua mulher nem precisa saber, sacou? Fica entre a gente. Tudo bem? Conversados? Aí, vamos brindar, então!**

15. Um lapso momentâneo da razão
(setembro, 1987)

A marcação seca da marcha do desfile cívico do Sete de Setembro atropelou Zezé, que, insone, se atirara da ca-

A porta pam! pam! pam! buscavam arrombar, o sonho se desvaneceu, Vilma ao lado exalando Lorax, **Vilma!**, Vilma e vagara em direção à Rua, pardais espojando na manhã feriada, bermudas esguichando água na lataria de carros, saias varrendo passeios, vozes cervejando botequins. Repentino, desaguara na Avenida Astolfo Dutra repenique surdo bumbo frenéticas bandeirolas verdamarelas alto-falante **Palmas! Vamos saudar os nossos recrutas!**, o empurra-empurra estufa o cordão-de-isolamento à passagem do Tiro-de-Guerra, berra uma roxa criança perdida, do palanque acenam ternos-gravatas vestidos-de-festa engalanado tenente, estouram foguetes, os pés mais não sente, Dona Darcy, **a diretora falou, pode ninguém faltar, Eu falo com ela, deixa, Infelizmente...**, sem sequer atentar na barriga aberta do sapato gasto, **Diz-ela que não é desculpa**, repetiu ao marido, que à noite moldou a sola num pedaço de papelão, que a mãe costurou na madrugada e se esfarelou entre a casa e o grupo, e que de-começo incomodou muito, a planta ma!, levantou-se assustado, bisbilhotou a frincha da janela, *A polícia!*, pior pesadelo, **Vilma! Vilma! Acorda, caralho! A polícia! Vilma!**, botou uma bermuda, Vilma despertou golêmica, enfiou uma calça jeans, camiseta-de-malha, instruída catou os sacolés malocados, carregou-os para o banheiro, eviscerou-os e despejava o pó na privada quando ordens **Todo mundo parado aí!** alcançaram-na, paralisando-a o cano de uma submetralhadora. Dinim esgueirou-se lagartixa furtando-se junto à caixa-d'água, um ajuntamento embaixo perturbando o tráfego. Quieto, auscultou. Bafeja preguiçoso o vento morno da manhã feriada... Nuvens deslizam pacientes... Maritacas arrastam o tempo... Arde o sol nas costas... Doem os músculos tensos... Pássaro, observa. Dois policiais-civis deixam o sobrado... Vilma empurrada para a boca do camburão... Acotovelam-se os curiosos... Agachado, move-se, investigando um lugar menos visível, calca

escalavrada nos ressaltos dos paralelepípedos, mas anestesiados agora espaçam ansiosos no aguardo da caneca de café-com-leite e do pão-de-açúcar que forrará seu estômago, em ordem-unida com o Dinim, suando abobado seu uniforme novo, e aproveitando a dispersão atravessou a aglomeração azul-e-branca, abancando-se no primeiro bar, **Uma brama aí, ô!**, *Dinim...* Dês que o saldo da família retornara, voltava sempre a Cataguases, Natal, Ano-Novo, Carnaval, Semana Santa, **visitinha de beija-flor**, reclamava a mãe, entrevada, bico-de-papagaio, pelas filhas incompreendida, **Uma revolta!**, e entretinham-no anular uma goteira, roçar a capoeira, pintar a casa, arrumar o chuveiro, às vezes espreitar o requebro do funk no Aexas, o zonzeio do forró no Pele-e-Osso, e nunca, em todo tempo, mais deparara o Dinim, embora vira-e-mexe ocorresse, recordando, adivinhá-lo nalgum transeunte que o gordinho, calça-curta, reliento pudesse ter virado.

o pé direito, **Bosta!**, firma-se, acede, envolve o corpo em torno à antena-da-televisão, que brusca rompe-se, **Merda!**, falseia, giram o bairro e suas casas suburbanas, rola telhado abaixo, fuligem tatuando suas adiposidades, o oh dos que aguardam, *Meu deus, vou morrer!*, e desaba envergando as hastes que sustentam o toldo que cobre o passeio da padaria, tombando justo sobre o monte de folhas ajuntadas rente ao meio-fio. Fugir nem tenta, esfolados braços, joelhos, cotovelos, sangra o nariz, o desobediente calcanhar direito, um revólver acerca sua cabeça, não mais o que fazer, risos de escárnio, **Desafasta! Desafasta!** Algemam-no, arrastam-no, jogam-no de encontro à cara derrotada de Vilma **Vilma... Está tudo bem... Não se preocupe... Está tudo bem...** Após, álacre, a sirena extingue-se ao longe. Aos poucos, à multidão que se dissolve misturam-se os estudantes azul-e-branco que regressam da parada do Sete de Setembro, suados, claudicantes, felizes.

16. O delicado som dos trovões
(novembro, 1988)

Emerso o calor de-entre as reentrâncias dos paralelepípedos, a língua bífida lambe a paisagem desmaiada de casas e carros enfarados, envenena chinelos, sapatos, sandálias, pés descalços que aguardam afadigados na frente do prédio, labareda chamusca núbeis flores roxas da quaresmeira, abraça, sob, Zezé, assentado num banco-de-cimento pastilhas brancas, mão direita embrulhados três maços de Hollywood, *Será que é esse cigarro que ele fuma? Será que ele fuma?*, mão esquerda frágil e estufada sacola plástica transparente duas maçãs, meia-dúzia de bananas-nanicas, duas laranjas descascadas, *Que idéia!*, aguarda impaciente o horário de visita, mãos e pés frios, a mãe, **Se mete com isso, não, meu filho, fica mal-afamado, todo mundo vai te olhar torto... Não basta a Sandra ter feito o que fez?, humilhando essa coitada que já é só carne-e-osso?, agora vem você querendo enredar com essa gente... Tenha dó, meu filho, pense pelo menos uma vez nessa sua pobre...** Relutara meses, desde que, conversas-fiadas, soubera, no Natal, da prisão, na Granjaria, de um casal, tráfico de drogas e, especula, descobriu, **Dinim, mãe!, lembra dele?, morou no Beco, heim? lembra não?, a gente era assim, ó, sempre junto... não?** Vinte e oito anos! Como tinha sido até aqui? Da infância, na pele depressões de vacina e cicatrizes, quelóide na coxa direita; ah, o repouso da caxumba — *Não corre, peste, que essa coisa desce pro saco!*; a vez que acordou sarapintado, uma semana sem de-ver-de-casa!; cobreiro; catapora; a moça tirou para fora o peito, espremeu o leite na colherinha, a mãe, arregalando à força, *Anda, desgramado!*, escorreu olho adentro, expulsando o cisco, ah, o peito da moça...; chá de jurubeba de manhã, jurubeba refogada no almoço, jurubeba cozida na janta, jurubeba mastigada à noite: não há problemas de vesícula que suporte!; anemia? bife de fígado, batida de beterraba; o dedão-do-pé pendente, caco de vidro, *Coloca açúcar pra estancar o sangue! Queima pano em cima pra não dar tétano! Põe azeite-doce quente, que é bom! Pede à Sá-Ana uma simpatia*; aquela ocasião que desejou a morte... e morreu... tantas outras mais depois... O que tornara? Um zero! De bico, da mão para a boca, vivia, no antro da bandidagem sem ser, para a polícia, marginal, leproso na hora de tentar colocação: Morro do Dendê?!... O mínimo auferido expendia em socorro à mãe, socada em Cataguases, crente da Igreja Universal do Reino de Deus, subsistindo da caridade e das migalhas de, sorteada num programa dominical de televisão, ao vivo clamar os filhos espalhados pelo semfim, viessem todos, nem que por um dia, meu deus, de novo sob suas asas, nem que por algumas horas... Obediente, a fila prospera, empetecadas mulheres filhos encaixados no quadril, um cachorro coça o pêlo irritado, crianças espalham-se esgoelam esfolam-se, velhos mascam derrotas, eufórico um rapaz oferece mangas-ubá de um saco, **Pega, pode pegar, trouxe pro meu irmão, mas ele vai sair hoje!, pode pegar!**, amplia-se a vaga, o vozerio agrava-se, adolescentes acenam alegres ao indescoberto gradil, **A, o piii-colé! A, o piii-colé!**, um viralata busca o dono no mijo do ar, cabisbaixa uma mulher ressoletra sua história, **... bom... mas as más companhias... faltam dois anos pra...**, ronda a algaravia a Cadeia Pública de Muriaé. Vagaroso, Zezé levanta-se, perscruta, valeria a pena? Quem, dos que se amontoam, parente do Dinim? A mulher, não, coitada, presa em Miraí, dizem, mas o pai talvez, será viva ainda a mãe?, como se chamava? Chegar, abordar, **Aí, Dinim, está lembrado de mim?**, e ele, abobado, balançar a cabeça... E se, **Claro, Zezé, como vai essa força?**, quê, em seguida? **Porra, cara, que bosta, heim! Mas logo-logo você sai daqui, dá a volta por cima... E você?, o que tem feito da vida? Eu?** Eu... Escorre pelas têmporas o suor, mereja a testa, alaga o sovaco, espraia-se pelas costas banhando a camisa de algodão.

O portão se abre, pés frenéticos arrastam-se.

17. O sino da divisão
(março, 1994)

Zezé bebericava a caipirinha, arranchado a um canto da ampla varanda recoberta por telhas de amianto, paredes sem reboco, piso ainda-laje-por-acabar, terceiro andar de uma modesta construção sem alvará, monte de areia esparramando-se do passeio para a rua, uma pá esquecida, as operárias casas da Taquara Preta espichando-se ao longo da curva do Rio Pomba. No centro do salão, sobre enorme mesa — três pares de bíceps guindaram-na amarrada a uma corda, abandonada serpente — duas pilhas de pratos-colorex âmbar, dois pacotinhos fechados de guardanapos, um tupperwear com facas e garfos cabo-de-plástico creme, alguns copos-americanos limpos, alguns babujados, duas garrafas-plásticas semivazias de guaraná, uma tigela de vinagrete, uma travessa de farofa. À esquerda, o freezer empanturrado de cerveja. Próximo, no fogão-a-gás, uma mulher, grisalhos cabelos, lata de Skol na mão, observa o frigir do arroz em duas caçarolas. Mosquitos voejam. A fumaça da churrasqueira defuma mudas de roupa estendidas num varal improvisado. O calor derrete a manhã.

O pagode, que irrompe das duas caixas-de-som do três-em-um Gradiente, chacoalha três adolescentes, chorte e tope, e duas mulheres, bermuda e blusa. Quatro rapazes catam marra em volta do Renatim — cumprimentou-o ao chegar —, faca na mão retalha pequenos pedaços sangrentos de picanha, que, vorazes, consomem em meio a exaltada contenda futebolística. Quatro crianças sobem-descem as escadas atropelando o esquipático viralata que, resignado, transmudou vários lugares — ralham, puxam orelhas, ameaçam castigos as mães. Seu Procópio, pai do Bolão, dono da festa, ainda ausente — **Foi na Rua comprar mais sal-grosso, já-já ele está de volta** —, espalma o braço explanativo: **Aqui vai ter um puxadinho, o Adroaldo —** Adroaldo, o Bolão — **quer colocar uma mesa de sinuca e um** totó separado... Ah, ali, onde está o tanque, do lado, ele vai botar uma bancadinha pra colocar a roupa lavada, ele não quer que a mãe dele fique baixando e levantando, coitada... o reumatismo... Aqui, onde não tem nada, ele...

À frente do prédio, cobrindo toda a extensão da parede do segundo andar, grita uma faixa, esburacada para o vento não arrancar, em vermelhas letras garrafais, BENVINDO DINIM!, e, traços menores, pretos: SEUS AMIGOS TE RECEBEM DE BRAÇOS ABERTOS.

Com o indicador, Zezé remexe o limão e o gelo que o fundo do copo forram. O Bolão apresentara-o o Dinim, parceiro na Cadeia Pública de Muriaé, adjunto ao Besame-Mucho, ainda lá, pagando pena pela estrangulação da mulher, **Uma bisca, Zezé, um atraso de vida!** Desde a primeira visita, vão-se os anos!, em que aportara com cigarro, maçã, banana e laranja descascada (**Lembra de mim, Dinim?: Zezé...**) se acamaradara com os desinfelizes. Suspeitoso, de-começo não queria se sujar com aqueles tipos, sabe lá que histórias ocultavam por detrás das lamentações domingueiras!, mas pouco-a-pouco aprendera a entender-se com eles. E se para lá se dirigia eventualmente, em fuga das desgraceiras domésticas em Cataguases — a mãe arrastava os dias doenças enfora —, mais-depois um fim-de-semana por mês baixava as pestanas na Rodoviária Novo Rio e as abria às margens do Rio Muriaé. O tempo esclareceu-o que, se desejavam, mal algum havia em empurrar para a cela miasmos de maconha contrabandeados na meia, sacolés de cocaína na cueca. Um pulo, o Dinim dizer, o Bochecha, **Ponta firme, cara, na boa**, poderia assistir, chutação de lata, mãe dos médicos desenganada, **Troca umas idéias com ele, cara, quem sabe...** A empreitada, isso: quinta-feira esbarrava um fulano no Largo do Machado — nunca percebia daonde —, sexta-feira embarcava no ônibus para Cataguases, a bolsa-de-napa marrom. Finzinho do sábado, instruíam a entrega da mercadoria — nunca perguntou o quê —, embolsava o envelope, o cachê. Tantas idas-e-vindas tornara amigo o motorista, o Lopes, e os passageiros mais assíduos, dona Glorinha, que fazia tratamento — *contra câncer?* — no Hospital do Servidor, o Jonas, que diz-que estudava engenharia no Fundão, a Carmen, morena vistosa revendedora de badulaques na Vila Reis, o Volnei, que distribuía queijo-minas em Bangu, a Virgínia e suas mensagens-de-luz da Seicho-No-Iê... Com o que arrecadava imaginou adquirir um teto para a mãe; tarde, porém, comprou mesmo, a prestações, um terreno no cemitério municipal, o montículo informe vazado por uma cruzeta **Maria de Nazaré Teixeira** aguarda tempos melhores **Alá!**, alguém aponta, pernas buscam a janela **Chegou! Chegou!** a escada. Embaixo, um táxi, Dinim sobranceiro, o viralata abana o rabo.

18. Pulsação
(1995)

ano velho / Feliz ano-novo / Que tudo se realize / No ano que vai nascer / Muito dinheiro no bolso / Saúde pra dar e vender. **Êêêêêêê!** Eufórico, camisa-bermuda-cueca-meia-sapatos brancos, Renatim estourou o Georges Aubert, despejando-o atabalhoado nas taças espalhadas sobre a mesa **Viva 1995! Viva 1995!** gritos abafados pela orquestra que desfiava **'sucessos do carnaval de antigamente'** *branca amor / não posso mais...* Alvas vestimentas abraçaram-se e beijaram-se, Renatim, Zezé, Bolão, a mulher dele, Rita, a cunhada Paulinha, Dinim e a espevitada namorada, cujo nome berrou ninguém compreendeu, e engoliram o champanhe. Animado, Renatim puxou o trenzinho, engatados Paulinha, Rita e Bolão, esgoelando Clube do Remo adentro *Allah-la-ôôôôôôô! / Mas que calôôôôôô! / Atravessamos o deserto do Saara / O sol estava quente / E queimou a nossa cara.. / Allah-la-ôôôôôôô!* Frustrada, a moça, sapato-plataforma ciscando o piso, esforçava-se para animar o Dinim, enrolando-o com serpentinas que sobrevoavam sua cabeça, bombardeando-o com confetes que catava no chão. Na terceira tentativa de arrastá-lo à correnteza *eu quero / Mamãe eu quero / Mamãe eu quero mamar! / Dá chupeta! / Dá chupeta! / Dá chupeta pro neném* Dinim empurrou-a brusco, desequilibrando-a, impelindo-a contra ombros suados que pululavam frenéticos, e viu-a, enfurecida, esbravejar algo ininteligível e sucumbir na pororoca da multidão.

Subitamente, Dinim ergueu-se, derrubando a cadeira, praguejou, socou o maço de Carlton no bolso de uma guaiabeira, apanhou o uísque, e, cambaleando, bovino, atirou-se em direção à saída, submergindo e emergindo na massa de ensandecidos foliões, perseguido pelo Zezé, atônito. Ao atingir uma clareira, apartada do salão de baile, arriou, mão esquerda apoiada à bem cuidada grama do barranco, canteiros de margaridinhas miúdas, pandemônio em-por-dentro, escapa-lhe a garrafa, opressa a respiração, gira-que-gira, esvai-se pelos poros, as pernas bamboleiam, verga o corpo e arrebenta o vômito, respingando no tênis branco novo. *Sa-ssa-ssaricando / Todo mundo leva a vida no arame / Sa-sas-ssaricando / a viúva, o brotinho e* as ânsias de Dinim, Zezé ouve, de costas, engulhos do fedor azedo. As estrelas pulverizam o preto céu azul.

Refeito, trêmulo, Dinim move-se com vagar, atravessa a roleta, ganha o passeio, o frescor latifúndio da noite roça-lhe o rosto, invade os pulmões, alentando-o. Calado, segue a rua vazia, cruza a Ponte Nova, Zezé quase-pisando seu calcanhar, espocam foguetes retardatários, um mendigo sonha bêbado abandonado no meio-fio, *Ô balancê balancê / Quero dançar com você / Entra na roda, morena, pra ver / Ô balancê* evola ao vento, na Praça Rui Barbosa sentam-se nos degraus do coreto.

Dinim: ... uma falta danada, cara...
Zezé: Quê?
— A Vilma...
— Quê que tem a Vilma?
— Fodi a vida dela, cara...

— Fodeu?
— Fodi... Fico pensando... Merda, cara, se eu soubesse que as coisas... (Pausa) Bosta! A gente faz cada cagada... Depois... não tem como... voltar atrás... Se eu... (Pausa) A gente era descabeçado...
(Pausa)
— Cadê ela?
— Sei lá... Depois que ela foi solta... parece que mudou... Ipatinga... uma amiga acolheu ela... não sei direito...
(Pausa)
Zezé: Você lembra da dona Aurora?
Dinim: Dona Aurora?
— É, nossa professora no Flávia Dutra... Lembra?
— Uma que tinha uma mancha no rosto?
— É, ela mesma...
— Quê que tem ela?
— Lembra que você era apaixonado por ela?
— Eu?
— É, você até queria ser bancário quando crescesse...
— Bancário? (Pausa) É mesmo cara... Como você lembra disso?
— Você lembra por quê que queria ser bancário?, lembra?
— Não...
— Porque o marido dela era bancário...
— Era? Caralho, Zezé, você lembra de cada coisa!
(Pausa)
Dinim: Como você lembra dessas coisas?
Zezé: Eu lembro de tudo...
— De tudo?
— De tudo...
— Eu não lembro de porra nenhuma...
— Bom pra você...
— Bom?
— É.

— Por quê, bom?
— Pelo menos assim você não sofre...
— Não sofro?
— Eu lembro de tudo... E isso machuca a gente... Eu lembro da primeira chinelada que a minha mãe, coitada, deu na minha bunda... Eu lembro quando eu vi uma mulher pelada lá na Ilha, lembra da Ilha? Lembro de todas as vezes que neguim olhou pra mim com desprezo, aqui, no Rio... E da régua que a dona Ângela, nossa professora no quarto ano, quebrou na minha cabeça, Ô criolim burro!, ela falou, a sala inteira rindo... E da tabuada que ganhei uma vez, toda despedaçada... arrumei com durex, encapei ela... E tudo... um monte de coisa... (Pausa) Por isso que eu digo, feliz é você, que não lembra de nada...

(Pausa)

Dinim: É... você lembra... eu penso... Toda noite eu não consigo dormir... Na minha cabeça fica martelando que eu tomei o caminho errado, que eu desviei em algum lugar... E que não tem mais jeito... E que eu estou fodido... E que todo mundo que fica perto de mim se fode...

(Pausa)

Dinim: Pra nós não tem saída, cara, não tem...
Zezé: Do que você está falando, cara?
— Porra, Zezé, eu só durmo na base de Valium, tenho úlcera no estômago, colesterol alto, pressão alta, estou gordo, fumo pra caralho, bebo pra caralho, cheiro pra caralho... (Pausa) Velho, cara... me sinto um velho... E estou com trinta e cinco anos, você também, não é?, trinta e cinco anos...

(Pausa)

Dinim: Cara, todo dia penso numa solução... todo dia...
Zezé: Que solução?
— Não sei... ainda... Mas tem que ter alguma...
Dinim deita-se, estica-se, cruza as mãos sob a nuca, olhos ausentes na abóbada da concha acústica.

Zezé levanta-se, chuta uma latinha de Kaiser vazia, e vai mijar no pé de uma sibipuruna.

19. Tem alguém lá fora?
(março, 2000)

Resfolegando, Zezé e Dinim amassam descalços a areia da Praia do Centro. Afundado o sol nas águas turquesas do Oceano Atlântico, uma tênue claridade cobre delicadamente os edifícios e casas de Marataízes. Adiposo, Dinim, boné, calção-de-banho, sem camisa alinha-se a Zezé, chinelo debaixo do sovaco, camiseta cavada, bermuda, falso Ray Ban.
— E então?
— Quê?
— Topa ou não?
— Porra, Dinim, não é assim...
— Caralho, Zezé, eu preciso dessa resposta! A coisa já está madura, demorar muito, tum!, apodrece no pé...
Atravessam um jogo de frescobol.
— Olha, sobrou pro Renatim e pro Bolão a parte mais perigosa. Eles é que vão fazer a abordagem. Você não...
— Você já disse...
— Está tudo planejado, Zezé! O cara sempre vai sozinho pro sítio, sexta à tarde...
Cruzam um casal de velhos.
— O que você tem que fazer? Tomar conta do cara... não deixar ele fugir...
— Porra, Dinim, é foda!
— Foda o quê, caralho? É a nossa redenção, cara! Pense nisso. Acabou, acabou! Eu vou sumir! O que você vai fazer com a sua parte?
Passa um pitbull arrastando seu dono.
— Eu já sei o quê que eu vou fazer com a minha: vou cair na vida por esse mundão de deus. O Brasil é grande, cara, gi-

gante. Vou me enfiar num buraco desses aí, Goiás, Mato Grosso, Rondônia... Começar tudo de novo. Casar, ter filhos... um canto só pra mim... Ei, menino, tem picolé aí ainda? Quer um picolé, Zezé?

20. Ecos
(novembro, 2001)

Chuva, esse barulho? Ou zumbido em-dentro da cabeça? Os "telefones" deixaram-no assim: sangramento nos ouvidos, motor-de-ventilador zunindo zuuuuuuuuuuuummmmmm sem parar. Ânimo não tem para erguer-se do estrado de-debaixo do beliche e verificar além-grades, além-muros, além-montanhas. Chove em Cataguases a essa hora? Uma vez caiu uma tromba-dágua lá pelos lados de Barbacena, o Rio Pomba inchou, inchou, inchou e se esparramou pela beira, invadiu casas, levou as paredes de umas, carregou sofás, camas, berços, cadeiras, bujões-de-gás de outras, afogaram-se dois desavisados, um corajoso. Morava no Beco, saíram assustados, as águas batendo à porta, perderam mudas de roupa, mantimentos. Dois dias se esconderam na varanda do Zé Pinto, puro maravilhamento! A comida faziam-na todos, ajuntados num improvisado fogareiro, com o que sobrara, arroz, feijão, angu, um-nada de carne. Dormir, acomodavam-se amontoados, as mulheres num canto, os homens, cachaça e cigarro e conversa-fiada, em-torno a uma fogueirinha, as crianças libertas soltas voejando país-da-infância afora. Chove? A umidade do cubículo, onde estivera?, reumatizou as juntas, corroeu os ossos, afugentou as vontades. Doem as costas, murros socos pontapés chutes bicudas bofetões sopapos pescoções bordoadas pancadas pauladas cabeçadas pisões, o médico ficou de pedir uma chapa, até hoje. A perna direita manquitola, a boca banguela de vários dentes. Na Penitenciária de Neves a noite, torturada, geme. Aflita, tosse, queixa-se, lamenta-se, lamuria-se, lastimase, sofre. Na escuridão da cela, guincha um rato, evade-se pelo buraco da latrina. O pai acende um Arizona, sentado à cabeceira da cama, e permanece aquela brasinha vermelha luzindo no negrume, vagalume que, incandescido, alumia o queixo sujo de barba, os lábios, o nariz, a concha da mão direita. O sono ateava-o um cigarro à ponta de outro. E dormia assim, atento, o ruído das corredeiras embalando a madrugada. Chove?, pensa perguntar, mas não deseja mais respostas. Se desaba um toró ou se está a pino o sol, se é segunda-feira ou sábado, meio-dia ou três horas da tarde, que diferença?, que importa? Dona Aurora aceitou que ele carregasse o diário-de-classe e os livros até a secretaria. Encheu o peito, cruzou orgulhoso o pátio, sob a vista invejosa dos colegas. A Maria Aparecida Albino chorou, enraivecida. Ela, que tinha as composições anotadas no quadro-negro, exemplo e modelo. Quantos pauzinhos riscados na parede? Ana Lúcia, viu ela queimando no quintal, biquíni verde espreguiçando-se num lençol estendido no cimento, garrafa de Coca-Cola para bronzear, acha que até uns pêlos, incerto, Ana Lúcia, nunca-mais, em São Paulo, disseram, em São Paulo... Bolão, parece, atiraram por detrás, ia pulando a janela, a bala entrou na nuca, espatifou a cara. A mãe dele guardou o pé-de-chinelo ensangüentado correia arrebentada que ficou caído no piso de cimento grosso da sala do sítio no meio do mato de Xerém. O trem-de-ferro saía de Recreio às seis horas da manhã e apitava na estação de Eugenópolis às nove e meia. Vó Maria, fedendo a cigarro-de-palha, tomava-o no colo, carregava-o em festa para a charrete. Vô Jucélio, chicote na mão, estumava o baio Rompedor, e o cadelo Peri abria caminho para a roça, Eia! Vamos! Morreram, três dias de diferença, ela primeiro, não conseguiram viver separados. Das tias, só a madrinha Sandra se casou, Ronaldo, doleiro — ricos, compraram apartamento na Praça Rui Barbosa, casa em Guarapari, viajaram mesmo ao estrangeiro, Disney, com os filhos. As outras, Isabel e Abigail costuraram para fora até aparecerem as roupas-prontas e aposentá-las, entra-e-sai na Clínica São José, em Leopoldina, entupidas de tranqüilizantes; Hebe sucumbiu a um colapso, enterraram-na em Estrela Dalva, junto com a mãe, Vó Nilda, o pai, Vô Quim, e a irmã Pérola, que ingeriu pó-de-broca quando tinha quinze anos, nem chegou a conhecê-la. Iracema... Renatim desembestou, avisaram-no. Deve ter desaparecido no mapa, sempre pensou estabelecer praça no Pará, chegou a trabalhar por lá, na juventude, caçava madeira-de-lei na floresta em Marabá, apontava, Alá!, e a serra-elétrica carcomia a estupidez do tronco, rrroooooomm. Iracema quer dizer o quê? A Vilma comprou um livro, *Nomes de bebês*, mostrou, Aqui, ó: **composto com as letras de América. Em guarani: lábios de mel.** Lábios de mel... A mãe ou estendia os dias no sofá — menino, traz um copo dágua pra mim; menino, pega aquele remédio; menino, tenho tanto sono; menino, quero morrer — ou cumpria-os na penteadeira — menino, eu sou uma rainha; menino, vai comprar um brinco e um anel; menino, Cataguases é muito pequena demais. Chorava a convulsões, ria a doer o maxilar. Menino... Você puxou sua mãe, aquela louca! Seu Afonso entrou na cela em Muriaé, acabado, irreconhecível. O rosto vincado, magro, olheiras, raros cabelos brancos ensebados, fralda da camisa para fora da calça, sapatos ruços, Meu filho, que desgraça!, semelhava na vista a cachorro escorraçado da porta da venda. Passou desta, antes de saber da nova novidade, **Polícia desbarata quadrilha de seqüestradores,** até nos jornais do Rio, até na televisão, poupou-se da vergonha, da ignomínia. A mãe indagou esbugalhada, Ouviu? Ouviu, menino? É o fim do mundo! E sussurrando: Me abraça, menino, me abraça. Tenho tanto medo de morrer! Aí, Zezé, onze caquinhos de chumbo, hemorragia interna por traumatismo torácico transfixiante, comecei a lembrar de tudo também, comecei a lembrar de tudo, Zezé, de tudo!

Inferno Provisório

VOLUME IV
O livro das impossibilidades

As histórias:
Era uma vez 13
Carta a uma jovem senhora 67
Zezé & Dinim 89

O livro das impossibilidades
é para Marili Lopes de Almeida

Todas as histórias que compõem **O livro das impossibilidades**, quarto volume de **Inferno Provisório**, são inéditas, à exceção de uma, revista, que pertenceu um dia a **(os sobreviventes)**.

L.R.

Luiz Ruffato – Nasceu em Cataguases (MG) em 1961.

Publicou:*

Histórias de remorsos e rancores** (histórias, 1998)

(os sobreviventes)** (histórias, 2000) – Prêmio Casa de las Américas – Menção Especial

Eles eram muitos cavalos (romance, 2001) – Prêmio APCA de melhor romance de 2001 e Prêmio Machado de Assis de Narrativa, da Fundação Biblioteca Nacional
– Come tanti cavalli (Milano, Bevivino Editore, 2003)
– Tant et tant de chevaux (Paris, Éditions Métailié, 2005)
– Eles eram muitos cavalos (Espinho, Quadrante, 2006)

As máscaras singulares (poemas, 2002)

Os ases de Cataguases (ensaio, 2002)

Mamma, son tanto felice (Inferno Provisório – Volume I, romance, 2005) – Prêmio APCA de melhor ficção de 2005

O mundo inimigo (Inferno Provisório – Volume II, romance, 2005) – Prêmio APCA de melhor ficção de 2005

Vista parcial da noite (Inferno Provisório – Volume III, romance, 2006) – Prêmio Jabuti, da Câmara Brasileira do Livro

De mim já nem se lembra (romance, 2006)

---

* Todos os títulos, à exceção de *As máscaras singulares, Os ases de Cataguases* e *De mim já nem se lembra*, são publicados pela Editora Record.
** *Histórias de remorsos e rancores* e *(os sobreviventes)* foram incorporados ao projeto Inferno provisório.

Este livro foi impresso em off-white 90g/m²
no Sistema Cameron da Divisão Gráfica da Distribuidora Record